법정스님
인생응원가

그림 정윤경

경원대학교 조소과 졸업. 영국 킹스턴대학교 대학원에서 일러스트레이션을 전공했다.
《길 끝나는 곳에 길이 있다》의 삽화를 그렸고, 그림동화《마음을 담는 그릇》,《바보 동자》
등을 냈다. 현재 제주도 해녀를 소재로 한 그림동화를 작업 중이다.

스승의 글과 말씀으로 명상한 이야기

법정스님 인생응원가

초판 1쇄 발행 2019년 11월 20일
초판 10쇄 발행 2024년 3월 20일

지은이	정찬주
펴낸이	전영화
펴낸곳	다연
주 소	경기도 고양시 덕양구 의장로 114, 더하이브 A타워 1011호
전 화	070-8700-8767
팩 스	031-814-8769
이메일	dayeonbook@naver.com
그린이	정윤경
편 집	미토스
본 문	디자인 [연:우]
표 지	강희연

ⓒ 글 정찬주, 그림 정윤경

ISBN 979-11-90456-00-5 (03810)

이 도서의 국립중앙도서관 출판예정 도서목록(CIP)은 서지정보유통지원시스템 홈페이지
(http://seoji.nl.go.kr)와 국가자료 공동목록시스템(http://www.nl.go.kr/kolisnet)에서
이용하실 수 있습니다. (CIP제어번호: CIP2019045576)

법정스님 인생응원가

스승의 글과 말씀으로 명상한 이야기

정찬주 명상록

다연
DAYEONBOOK

말씀의 사리(舍利), 영혼의 보석

정호승(시인)

어느 날 서울 지하철 안국역 지하통로를 지나가다가 초상화로 내걸린 법정스님을 뵙게 되었다. 지하통로 초상화 공방엔 법정스님을 비롯해 김수환 추기경, 스티브 잡스, 마더 테레사 수녀 등 대부분 우리 삶에 큰 영향을 끼친, 누구나 얼른 알아볼 수 있는 이들의 초상화가 공방 유리창 안팎으로 내걸려 있었다. 특히 법정스님은 통로 쪽에 내걸려 있어서 누구나 오가다가 쉽게 만나 뵐 수 있었다.

나는 법정스님을 직접 친견한 듯해서 발걸음을 멈추고 초상화 속의 법정스님을 오랫동안 바라보았다. 누가 그렸는지는 모르지만 스님의 눈빛은 형형했다. 붉은 가사를 걸치신 탓인지 얼굴엔 붉은빛 화기(和氣)가 많이 돌았다. 문득 법정스님께서 평소에 늘 강조하시던 말씀이 가슴속으로 들려왔다.

"내일은 없다. 지금 이 순간을 열심히 살아라."

"지금이 바로 그때다."

"오지 않은 미래를 오늘에 가불해 와서 걱정하는 사람만큼 어리석은 사람은 없다."

나는 초상화 앞을 쉽게 떠나지 못하고 그 자리에 오래도록 서 있었다.

오늘 법정스님의 재가제자이자 소설가인 무염거사 정찬주 씨가 쓴 책《법정스님 인생응원가》를 받아들고 법정스님을 다시 친견한 듯하다. 법정스님께서 손수 끓여 내오신 차 한잔을 앞에 두고 아까워 들지 못하는 심정이다.

법정스님은 우리 시대의 영원한 영혼의 스승이다. 흔히 오늘 우리 시대를 '스승이 없는 시대'라고 하지만 그것은 아니다. 비록 스님의 법체는 들것에 실려 다비의 불꽃으로 타올라 한줌 재와 흙이 되었지만 스님의 영혼의 말씀만은 그대로 이 혼탁한 시대에 스승의 말씀으로 살아 현존하고 있다. 만일 스승의 말씀 또한 스승의 입적과 함께 그대로 사라진다면 우리는 인간으로서 아름답고 참다운 삶을 결코 살 수 없을 것이다. 다행히 스승의 말씀의 생명은 한 그루 거대한 느티나무처럼 더욱더 깊게 뿌리를 내려 오늘을 사는 우리를 위로하고 인간과 인생의 비밀을 깨닫게 한다.

법정스님은 다비 후 사리 수습을 하지 못하게 하셨다. 따라서 이 책에 있는 스님의 귀한 말씀 한마디 한마디가 바로 스님의 사리이며 영혼의 보석이 아닐 수 없다. 다비하고 다 타고 남은 잿더미 속에서 사리처럼 건져낸 법정스님의 이 말씀의 사리를 가득 받아들고 나는 오늘 영혼의 부자가 되었다. 이 영롱한 법정스님의 영혼의 사리는 내 가난한 심장에 깊게 보석처럼 박혀 영원히 빛나리라.

차꽃 향기를 대접하고 싶다

　마당가 소나무 밑에 우윳빛 차나무 꽃이 피어 있다. 노란 산국(山菊) 못지않게 향기가 은은하다. 차꽃은 질 때도 능소화처럼 미련 없이 통째로 떨어진다. 풀잎 끝에 맺힌 영롱한 이슬이 떨어지는 것과 흡사하다. 온몸으로 살았으니 온몸으로 지는 것인가. 차꽃의 낙화가 비장하게 아름답다. 차꽃은 삶도 죽음도 여여(如如)하다. 그래서 선가에서는 생사일여(生死一如)라고 하는 모양이다.

　20여 년 전 차꽃이 피는 계절이었다. 나는 그때 나의 스승이시기도 한 법정스님을 뵙고 길상사 행지실에서 이런 차담을 나누었다. 샘터사 직원이자 스님 원고 담당자로서 뵙고 있었다.

　"스님, 스님의 산문집을 십여 권 만들면서 느낀 것이 하나 있습니다. 독자들이 스님 책을 사랑하는 이유는 스님만의 시적인 감성이나 현실을 바라보는 예각 때문만은 아닌 것 같습니다."

"허허. 그래요?"

스님은 찻잔을 만지작거리면서 귀를 기울이셨다.

"스님 글에는 일관된 사상이 있습니다. 그 사상에 공감하여 독자들이 스님 책을 꾸준히 사랑하는 것 같습니다. 제가 생각하는 스님 사상이라면 인간은 물론 벌레 한 마리, 풀 한 포기, 돌멩이 하나 등 유무정물(有無情物)의 생명의 가치가 같다는 생명 중심 사상인 것 같습니다."

"무염거사, 새로울 것은 없어요. 서양이 인간 중심이라면 동양의 불교는 생명 중심의 진리지요."

"그동안 발간하신 스님의 산문집 중에서 스님의 사상이 드러난 구절들만 뽑아 책을 한 권 만들어보겠습니다. 정채봉 형에게는 이미 상의 드리고 왔습니다."

고인이 된 정채봉 동화작가는 나의 상사이자 대학 선배였다. 스님은 고개를 끄덕이며 미소를 지으셨다. 나는 스님께서 허락하시는 것으로 받아들였다. 스님의 성정으로 보아 탐탁지 않으면 언제든 바로 분명하게 거절하셨던 것이다. 그런데 시간은 회오리바람처럼 거칠게 지나갔다. 나는 스님 책을 만들어드리지 못한 채 마흔아홉에 샘터사를 그만두고 남도산중으로 은거하듯 낙향했고, 스님은 몇 해 뒤 스님께서 암자 둘레에 심은 자작나무 알레르기로 천식이 쿨럭쿨럭 깊어져 먼 길을 떠나시고 말았던 것이다. 그리고 또 나에게는 10여 년의 세월이 전생의 시간처럼 아득하게 멀어져버렸다.

연필로 표시하거나 메모해두었던 스님의 글이나 말씀의 구절들은 내 명상의 가르침이 되었을 뿐 애석하게도 스님을 흠모하는 사람들과 공유할 기회를 잃어버렸다. 마침내 나는 글의 형식을 내 방식대로라도 해서 명상록을 내기로 하고 불일암을 찾아갔다. 내 뜻을 불일암에 계시는 스님의 맏상좌 덕조스님께 먼저 말씀드렸다. 그런 뒤 차분하게《법정스님 인생응원가》를 집필하기 시작했다.

내 방식이란 별다른 것은 아니었다. '마중물 생각', '스님의 말씀과 침묵', '갈무리 생각'으로 서론·본론·결론의 형식을 취했다. '마중물 생각'은 스님의 가르침을 청하는 청법(請法)의 글이라는 의미에서, '스님의 말씀과 침묵'은 스님의 가르침은 물론 그 너머 스님의 침묵까지 헤아리라는 뜻으로 그렇게 이름을 붙였다. 그리고 '갈무리 생각'은 스님의 가르침을 통해서 연상해낸 내 상념이나 단상, 내 삶의 흔적을 명상한 글이자 나의 고백일 터였다. 앞뒤로 붙인 내 글이 스님께 허물이 될지 모르겠지만 그래도 나는 자유롭게 무엇에 구애받지 않았다. 스님도 고지식하게 어떤 형식을 고수하는 태도보다 다소 주제가 빗나가더라도 걸림 없는 분방함과 파격을 좋아하시리라 믿기 때문이었다.

끝으로 스님의 사진을 허락해준 사진가 김홍희 씨에게 깊은 감사를 드린다. 50대 후반인 듯한 법정스님의 흑백사진은 볼 때마다 아련한 그리움을 솟구치게 한다. 스님의 선의지와 깐깐한 지성이 미소 속에 묻어 있는데 영락없는 평소 얼굴이신 것이다. 내 산방의 사랑방인 무염산방에 스님의 사진과 백자연꽃향로를 모시고 보니 이제야 비로소 스님의 제자가 된 느낌이다.

추천의 말을 흔쾌하게 써주신 샘터사 선배인 시인 정호승 형, 공들여 출판해주신 다연출판사 대표에게도 이 지면을 빌어 고마움을 표하고 싶다. 날을 잡아 내 산방 이불재로 초대하여 따뜻한 발효차에다 늦가을의 찬바람, 된서리에도 시들지 않는 산국과 차꽃 향기를 대접하고 싶다.

2019년 가을 이불재에서
정찬주

차례

1부 명상
스님의
공감언어

1부 명상

스님의
공감언어

적거나 작은 것을 가지고도 고마워하고 만족할 줄 안다면 그는 행복한 사람이다.
현대인들의 불행은 모자람에서가 아니라 오히려 넘침에 있음을 알아야 한다.

산이란 영혼을 맑히는 시(詩)다

마중물 생각

서울생활을 청산하고 산중으로 처소를 옮긴 뒤, 묵은 밭에 고추와 상추 모를 심고 더덕과 감자를 캐며 깨달은 것이 있다. 생명이 있건 없건 세상의 모든 것과 나는 한 몸이므로 결코 나를 관형격으로 놓고 살아서는 안 된다는 깨달음이다.

'집착하는 나'는 소유 지향적인 관형격의 모습이다. 내 처소, 내 가족, 내 생각, 내 물건 등등 내 중심으로 우주와 세상을 좁혀버리는 사고에 중독되어 경쟁하고 살 수밖에 없으므로 그렇다. 편리한 도회지생활의 큰 아쉬움이었다. 그러나 집착하는 관형격의 삶을 치유해주는 것이 있다면, 불편하긴 하지만 존재 지향적인 산중생활이 아닐까 싶다.

나의 스승 중에 한 분은 법정스님이다. 스님은 내게 불일암에서 법명을 주셨다. 불일암 앞뜰 오동나무에 사는 호반새 한 마리가 공중제비를 하던 단옷날 이른 아침이었다. 삼배를 올리자 스님께서는 무염(無染)이라는 법명을 주시면서 '저잣거리에 살되 물들지 말라'며 짧은 법문을 해주셨다.

이후 나의 법명은 내 인생의 좌우명이 됐다. 산중에서 살면서 느끼는 것인데 가끔씩 돌아가신 스님의 말씀이 메아리가 되어 사라지지 않는다. 스님의 말씀은 깊은 산의 메아리처럼 울림이 크다. 저물녘에 눕는 산 그림자같이 여운이 길다. 산이 품고 있는 오래된 침묵에 응답하는 메아리 같다. 나는 스님의 말씀을 떠올리고 침묵을 헤아리는 것만으로도 행복하다. 빛을 잃어가는 내 영혼이 시나브로 맑게 닦이는 듯하다.

스님의 말씀과 침묵

#

숲에는 질서와 휴식이, 그리고 고요와 평화가 있다.

숲은 모든 것을 받아들인다.

안개와 구름, 달빛과 햇살을 받아들이고,

새와 짐승들에게는 깃들일 보금자리를 베풀어준다.

숲은 거부하지 않는다.

자신을 할퀴는 폭풍우까지도

마다하지 않고 너그럽게 받아들인다.

이런 것이 숲이 지니고 있는 덕(德)이다.

나무들이 한결같은 빛깔을 하고 있다면 얼마나 답답할까.

얼이 빠진 채 말라버린 숲이지 생명이 깃든 숲은 아닐 것이다.

대지에 뿌리를 내리고 허공에 가지를 펼치면서 생생하게 살아 있는

나무들은 자기답게 살려고 자신의 빛깔을 내뿜고 있다.

저마다 자기만의 빛깔을 띠고 있기에 찬란한 조화를 이루고 있다.

날이 갈수록 획일화를 치닫는 우리로서는

그 장엄한 조화에 부끄러움을 느끼지 않을 수 없다.

\#

산을 의지하고 살아가는 사람들에게 산은 단순한 자연이 아니다.

산은 곧 커다란 생명체요, 시들지 않는 영원한 품속이다.

산에는 꽃이 피고 꽃이 지는 일만이 아니라

거기에는 시가 있고, 음악이 있고, 사상이 있고, 종교가 있다.

인류의 위대한 사상이나 종교가 벽돌과 시멘트로 된 교실에서가 아니라

때 묻지 않은 자연의 숲속에서 움텄다는 사실을 우리는 상기할 필요

가 있다.

\#

산에서 살다 보면

자연처럼 위대한 교사가 없다는 것을 느끼게 된다.

이론적으로 배우는 것, 그것은 관념적이고 피상적인 것이다.

인간이 마지막으로 기댈 데는 자연이다. 자연은 인간 존재와 격리된 별개의 세계가 아니다.
크게 보면 우주 자체가 커다란 생명체이며, 자연은 생명체의 본질이다.
따라서 우리는 자연의 한 부분이다.

자연으로부터 얻어듣는 것, 그것이야말로 근본적인 것이고

그때그때 우리에게 많은 깨우침을 준다.

자연은, 태양과 물과 바람과 나무는,

우리에게 아무 보상도 바라지 않고 무상으로 준다.

우리는 그것을 감사하게 받아쓰면서 활용해야 하는데,

그것을 허물고 더럽히는 데 문제가 있다.

그것은 생명의 근원을 자꾸 허무는 것이나 마찬가지다.

\#

인간이 마지막으로 기댈 데는 자연이다.

자연은 인간 존재와 격리된 별개의 세계가 아니다.

크게 보면 우주 자체가 커다란 생명체이며, 자연은 생명체의 본질이다.

따라서 우리는 자연의 한 부분이다.

우리가 커다란 우주 생명체의 한 부분이라는 것을 알게 되면

자연을 함부로 망가뜨릴 수 없다.

동양의 전통적인 생각 속에서는

커다란 산이라도 하나의 생명체로 여겼다.

그래서 등산이라는 말을 쓰지 않았다.

입산, 산에 들어간다고 했지 산에 오른다는 말을 감히 하지 않았다.

갈무리 생각

한 달 전에 부레옥잠 두어 포기를 물에 띄웠는데, 어느새 분양해도 될 만큼 돌확을 가득 채우고 있다. 무엇이든 넘치면 자멸하는 법이다. 기쁨도 슬픔도 지나치지 말아야 한다. 권력이나 부(富)도 마찬가지다. 오후 석양빛이 보라색 꽃잎을 투과하고 빛과 그늘의 조화가 은밀한 느낌이다.

나 역시 산중에 들어와 산 지 20여 년이 되다 보니 산이라는 존재가 무엇인지 알 것 같다. 산이란 우리의 영혼을 맑게 적시는 불후의 서사시이고, 묵묵한 스승이고, 바람소리 물소리가 흐르는 교향곡이 아닐까 싶다. 그런가 하면 인본주의를 넘어선 생명 중심 사상의 넉넉하면서도 자애로운 가슴이고, 침묵으로 사랑과 자비를 일깨워주는 '종교 밖의 종교'라는 생각이 든다.

오후 8시. 저녁노을이 서산을 보랏빛으로 물들이고 있다. 밤과 낮 사이의 신비한 섬광 같다. 산과 숲, 노을이 읊조리는 한 편의 서사시 같다. 크든 작든 사무치게 다가오는 깨달음이 그러하듯 침묵하는 자연의 오의(奧義)란 스스로 느끼는 자의 것이리라.

모든 생명의 무게는 같다

마중물 생각

내 책상을 묵묵히 오르내리는 무당벌레나 마당가 연못에서 노래하는 개구리들이 내 친구라는 생각이 들곤 한다. 잡인(雜人)들의 발길이 뜸한 내 산방생활이 외로우니까 녀석들까지 친구가 됐는지도 모르겠다. 무당벌레는 겨울잠에서 일찍 깨어나 내 책상을 놀이터 삼아 기어다니고, 개구리들은 매화가 꽃망울을 터트릴 때부터 화답하듯 개굴개굴 합창을 하고 있다. 봄이 오고 있음을 가장 먼저 알려준 철새는 꼭두새벽에 후이후이 하고 우는 휘파람새였다.

생명 중심의 사상! 뭇 생명의 가치와 무게가 어찌 다를 것인가. 풀한 포기와 돌멩이 하나, 새 한 마리와 물고기 한 마리의 생명의 가치와 무게는 동등할 뿐이다. 스님의 사상을 말하라 한다면 나는 주저하지 않고 세상의 온갖 유무정(有無情) 생명의 가치와 무게는 결코 다르지 않다는 '생명 중심의 사상'이었다고 답하리라. 스님께서도 '서양의 휴머니즘이 인간 중심의 사상이라면, 동양의 자비는 인간 중심이 아니라 생명 중심의 사상이다'라고 말씀하신 적이 있다. 여기에 한 마디 더 보탠다면 절절한 그리움과 투명한 외로움이야말로 생명의 소중함을 일깨워주는 전도체가 아닐까 싶다.

산방 뒤 벚나무는 올해도 지각을 한다. 찬 산그늘이 드리워 봄볕을 수혈받지 못해서이다. 빈혈에 시달린 듯 개화도, 낙화도 한 달이 늦다. 부드러운 비바람에 피었다가 세찬 비바람에 지고 있다. 이것도 하늘의 뜻이려니 하고 무심코 바라볼 뿐이다.

스님의 말씀과 침묵

\#

사람과 동물의 업에 따라 비록 그 생김새는 다르다 할지라도
살려고 하는 생명 그 자체는 조금도 다를 바가 없다.
한쪽이 약하다고 해서 죽어야 한다는 법은 없다.
사람보다 훨씬 교활하고 힘센 짐승이 그의 식욕을 채우기 위해,
그의 손버릇 때문에 우리의 귀여운 자녀들을 앗아간다고 생각해보라.
우리는 얼마나 원통하고 분할 것인가.
목숨은 어떤 수단이 될 수 없다. 그 자체가 온전한 목적이다.
단 하나밖에 없는 절대가치이다.

사람과 동물의 업에 따라 비록 그 생김새는 다르다 할지라도
살려고 하는 생명 그 자체는 조금도 다를 바가 없다.
한쪽이 약하다고 해서 죽어야 한다는 법은 없다.

어떤 이유로도 살려고 하는 생명을 해치거나 괴롭히는 일은

악덕 중에서도 으뜸가는 악덕이 아닐 수 없다.

생물을 포함한 모든 존재는 서로 의지해 살아가고 있다.

끝없이 주고받으면서 우주적인 조화와 질서를 이루고 있다.

\#

내가 사는 곳에는 눈이 많이 쌓이면

짐승들이 먹이를 찾아서 내려온다.

그래서 내가 콩이나 빵부스러기 같은 먹을 걸 놓아준다.

박새가 오는데,

박새한테는 좁쌀이 필요하니까 장에서 사다가 주고 있다.

고구마도 짐승들과 같이 먹는다. 나도 먹고 그놈들도 먹는다.

밤에 잘 때는 이 아이들이 물 찾아 개울로 내려온다.

눈 쌓인 개울가를 보면 발자국이 있다.

토끼 발자국도 있고, 노루 발자국도 있고, 멧돼지 발자국도 있다.

그래서 내가 그 아이들을 위해서

해질녘이면 도끼로 얼음을 깨고 물구멍을 만들어준다.

물구멍을 하나만 두면 그냥 얼어버리기 때문에

숨구멍을 서너 군데 만들어놓으면 공기가 통해 잘 얼지 않는다.

그것도 굳이 말하자면 내게는 나눠 갖는 큰 기쁨이다.

나눔이란 누군가에게 끝없는 관심을 기울이는 일이다.

\#

이 세상에는 사람만 살고 있는 것이 아니다.

눈에 보이건 보이지 않건 혹은 귀에 들리거나 들리지 않거나

헤아릴 수 없는 무수한 생명들이 한데 어울려

우주적인 생명의 조화를 이루고 있다.

이런 존재와 조화는 따뜻한 사랑의 눈으로 보아야만 찾아낼 수 있다.

한 생명의 뿌리에서 나누어진 지체라는

대등한 입장에서 보아야지, 사람 중심으로 보려 하거나

인간 우위의 눈으로 보려고 한다면 눈을 뜨고도 볼 수 없다.

현대인의 맹목은 바로 이 자기 중심의 오만에

그 까닭이 있을 것이다.

갈무리 생각

산중에 살다 보면 자연 속의 유무정물과 한 식구가 된다. 실제로 내가 사는 산중농부들은 새나 산짐승들을 바깥주인이라고 부른다. 어치나 까마귀들이 사립문 밖의 자두나무 자두가 익기 전부터 덤벼든다. 그래도 산중농부들은 내게 바깥주인이 먹었으니 섭섭해할 것은 없다고 말한다. 영리한 까마귀는 자두를 물고 계곡 건너편 소나무 밑으로 가서 안심하고 먹는다.

산비둘기나 꿩에게도 보릿고개, 춘궁기가 있다. 겨우내 먹었던 자잘한 열매가 더 이상 남지 않은 초봄이 새들의 보릿고개이다. 그래서 인지 산중농부들은 콩을 콩밭에 서너 개씩 파종한다. 두세 개는 산비둘기나 꿩의 몫이다. 파종하는 곳마다 콩알 한 개만 잘 자라도 수확하는 데는 지장이 없기 때문이다. 오히려 콩잎이나 콩대가 무성해지면 콩 수확은 줄어들고 만다. 콩보다는 콩잎이 무성해지는 허장성세(虛張聲勢)가 돼버린다.

산다는 것은?

마중물 생각

아들 쌍둥이 외손자 백일잔치 초대를 받아 서울에 다녀왔다. 큰 소리로 우는 주영이, 방긋 웃는 태영이를 보니 '장강은 뒷물결이 앞물결을 밀어내며 흐른다(長江後浪推前浪)'는 중국 금언이 실감난다. 그렇다. 갓난아이로 인해서 묵은 나무 같은 나에게도 청솔가지 하나가 솟구친 느낌이다.

손님들이 묻는다. 왜 산중으로 내려와 사느냐고. 나의 대답은 간단하다. 온전하게 살고 싶어서 수십 년의 서울생활을 청산하고 남도산중으로 내려왔다고.

방에서 창호 밖을 바라보는 산중 풍경과 툇마루에 앉아서 바라보는 느낌은 사뭇 다르다. 방은 바깥과 단절된 공간이지만 툇마루는 산중과 연결되어 있다. 툇마루는 방과 산중을 이어주는 징검다리이다. 산중의 풍경이 보다 가깝게 다가와 보인다. 물소리 바람소리도 한층 또렷하게 들린다. 자연의 소리는 시비에 찌든 눈을 맑히고 귀를 씻어준다. 강론이나 설법이 따로 없다. 내가 입을 닫고 있으니 자연이 입을 연다. 그러한 삶의 순간순간이 더욱 투명하고 절절하게 다가온다. 산중생활의 맑은 행운, 정복(淨福)이다.

스님의 말씀과 침묵

\#

오늘은 어제의 연속이 아닌 새날이다.

겉으로 보면 같은 달력에 박힌 비슷한 날 같지만

어제는 이미 지나가버린 과거사이다.

우리가 산다는 것은 무엇인가?

지금 바로 이 자리에서 이렇게 살아 있음이다.

어제나 내일에 있는 것이 아니라 오늘 지금 이 자리에 있음이다.

우리가 사람답게 산다는 것은

순간마다 새롭게 태어나는 것을 뜻한다.

이 새로운 탄생의 과정이 멎을 때

나태와 노쇠와 질병과 죽음이 찾아온다.

\#

산다는 것은 무엇인가.

숨 쉬고 먹고 자고 배설하는 것만으로 만족한다면

짐승이나 다를 게 없다.

보다 높은 가치를 찾아 삶의 의미를 순간순간 다지고

그려냄으로써 사람다운 사람이 되려는 것이다.

산다는 것은 순간마다 새롭게 피어남이다.

이런 탄생의 과정이 멈출 때

잿빛 늙음과 질병과 죽음이 문을 두드린다.

\#

삶을 소유물로 생각하기에 우리는 그 소멸을 두려워한다.

삶은 소유물이 아니라 순간순간의 있음이다.

영원한 것이 이 세상에 어디 있겠는가.

모두가 한때일 뿐이니 그 한때를 최선을 다해

최대한으로 살 수 있어야 한다.

새롭게 발견되는 삶은 놀라운 신비요 아름다움이다.

\#

나는 오두막에 살면서 내 자신을 만나고

되찾게 된 것을 무엇보다 고맙게 여긴다.

지나온 과거와 다가올 미래에 대한 짐을 벗어버리고

오로지 지금 이 순간 속에 사는 홀가분한 자유를 찾은 것이다.

이 순간에 있는 그대로 사는 사람한테는 사슬이 없다.

기억의 사슬도 없고 욕망의 사슬도 없다.

시냇물이 흐르듯 담담하게 모든 것을 받아들일 뿐이다.

#

사람이 산다는 것은 비슷비슷한 되풀이 같지만

적어도 현존재인 이 육신을 가지고서는

단 일회적인 생이기에 존엄하다.

존귀한 삶이 밝고 당당한 경우는

빛이 나서 이웃에까지도 두루 환하게 비춘다.

그러나 어둡고 병들어 있다면

그들이 몸담고 있는 사회도 암담하지 않을 수 없다.

#

나눔의 삶을 살아야 한다.

물질적인 것만이 아니고 따뜻한 말을 나눈다든가

눈매를 나눈다든가, 일을 나눈다든가

시간을 함께 나눈다든가.

나누는 기쁨이 없다면 사는 기쁨도 없다.

시간적으로나 공간적으로 외떨어져 독립되어 있다 하더라도

나누는 기쁨이 없다면 그건 사는 것이 아니다.

삶은 소유물이 아니라 순간순간의 있음이다. 영원한 것이 이 세상에 어디 있겠는가.
모두가 한때일 뿐이니 그 한때를 최선을 다해 최대한으로 살 수 있어야 한다.

갈무리 생각

비로소 마당가 홍매화 꽃이 보인다. 백매화 꽃도 피어 있고, 청매화 꽃은 꽃봉오리가 파랗게 부풀어 있다. 내 산방의 세 가지 매화, 삼매(三梅) 향기가 귀로 들리는 듯하다. 그래서 옛사람들은 문향(聞香)이라고 했을 것이다. 연못에서는 개구리들 합창소리가 절절하다. 겨우내 참았던 소리이니 그럴 것이다. 그렇다. 사람도 절절해지려면 참고 지그시 기다릴 줄 알아야 한다.

온전하게 산다는 것은 순리대로 살고, 내가 주인공이 되어 내 정신으로 살고, 지금 이 순간을 놓치지 않고 산다는 말이 아닐까.

농부가 쟁기질을 하면서 눈앞의 밭을 봐야지 뒤를 돌아보면서 할 수는 없는 법이다. 풀잎에 맺힌 이슬을 보면 안다. 풀잎 끝에 맺힌 이슬이 왜 영롱하고 아름다운지를! 뒤를 돌아보지 않고 온몸을 던지려 하고 있기 때문이다. 긴 장대 끝에서 한 걸음 더 내딛는 백척간두 진일보와 다르지 않다. 희비의 길 위에서 운 좋게 생존해온 나도 이제는 풀잎 끝의 이슬처럼 순간순간 온몸을 던지며 살고 싶다.

행복은 자기 자신이 만든다

마중물 생각

새벽 2시 30분, 마당가 연못에서 들려오는 개구리 합창소리를 듣고 눈을 떴다. 무척 기다리고 있었으므로 반가워서 잠자는 아내를 깨워 함께 들었다. '봄이 왔어요, 봄이 왔어요' 하는 합창소리였다. 그러고 보니 오늘이 입춘이다. 아내가 쑨 풀로 현관문과 사랑방에 입춘방(立春榜)을 붙이고 나서 '萬相立春大吉 地相建陽多慶(만상입춘대길 지상건양다경)'의 뜻을 내 나름대로 풀이해보고 있다.

온갖 것에 봄이 오니 좋은 일이 크게 드러나고
온 땅 위에 밝음이 들어서니 경사가 많아지리라.

행복은 누가 갖다 주는 것이 아니라 내가 만들어가는 것이라고 법정 스님께서 누누이 말씀하셨다. 행복하다고 생각만 해도 행복해지는 것이 행복의 법칙인 듯하다. 반대로 불행하다고 생각하면 불행해지는 것이 불행의 법칙이다. 행복의 조건은 정신에서 찾아야지 물질에서 구해서는 안 된다. 정신은 영혼의 해방구이고 물질은 소유의 감옥이기 때문이다.

긍정과 배려, 평화와 자유, 내면의 성장, 소욕지족, 주체적인 삶, 고마움과 감사, 공감과 교감, 관조와 사유, 심신의 건강 등등이 행복한 에너지를 주는 필요조건들이 아닐까. 생각과 태도를 바꾸면 누구나 행복해질 수 있다. 행복하려면 행복해지는 습관을 만들어야 한다. 습관은 내 운명을 결정짓는 상수이다. 변수가 아니다.

스님의 말씀과 침묵

\#

인간이 사유하게 된 것은
모르긴 하지만 걷는 일로부터 시작됐을 것이다.
한 곳에 멈추어 생각하면 맴돌거나 망상에 사로잡히기 쉽지만
걸으면서 궁리를 하면 막힘없이 술술 풀려
깊이와 무게를 더할 수 있다.
위대한 철인이나 예술가들이 즐겨 산책길에 나선 것도
걷는 데서 창의력을 일깨울 수 있었기 때문일 것이다.

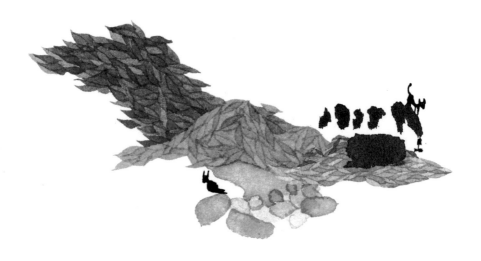

한 곳에 멈추어 생각하면 맴돌거나 망상에 사로잡히기 쉽지만
걸으면서 궁리를 하면 막힘없이 술술 풀려 깊이와 무게를 더할 수 있다.

#

단순한 삶이 마음을 편하게 하고 본질적인 삶을 이룬다.

가구나 실내장식도 단순한 것이 부담이 적고 싫증도 덜 난다.

인간관계도 복잡함보다 단순한 것이 보다 살뜰해질 수 있다.

우리는 일시적인 충동, 변덕, 기분, 습관에 의해 지배당하고 있다.

이런 흐름에서 헤어나려면 밖으로 눈을 팔 게 아니라

자기 자신을 맑게 들여다보는 새로운 습관을 길들여야 한다.

#

행복의 조건은 결코 크거나 많거나 거창한 데 있지 않다.

그것은 지극히 단순하고 소박한 데 있다.

조그마한 일을 가지고도 얼마든지 행복해질 수 있다.

조촐한 삶과 드높은 영혼을 지니고 자기 인생을

살 줄 안다면 우리는 어떤 상황에서도 행복해질 수 있다.

#

적거나 작은 것을 가지고도 고마워하고

만족할 줄 안다면 그는 행복한 사람이다.

현대인들의 불행은 모자람에서가 아니라

오히려 넘침에 있음을 알아야 한다.

모자람이 채워지면 고마움과 만족할 줄 알지만

넘침에는 고마움과 만족이 따르지 않는다.

\#

우리가 불행한 것은 가진 것이 적어서가 아니라
따뜻한 가슴을 잃어가기 때문이다.
따뜻한 가슴을 잃지 않으려면
이웃들과 정을 나누어야 한다.
뿐만 아니라 동물이나 식물 등
살아 있는 생물들과도 교감할 줄 알아야 한다.

\#

누구나 바라는 행복은 어디서 오는가.
행복은 밖에서 오지 않는다.
행복은 우리들 마음속에서 우러난다.
오늘 내가 겪은 불행을 누구 때문이라고 생각하지 말라.
남을 원망하는 그 마음 자체가 불행이다.
행복은 누가 만들어 갖다 주는 것이 아니라
내 자신이 만들어간다.

갈무리 생각

긴 여행을 떠나기 전에 열세 살 된 검둥이가 숨을 거두었다. 산방 뒤에 봉분을 만들고 향을 피워주었다. 아내는 한글로 된《반야심경》을 읽어주었다. 여행하는 우리들의 발걸음을 가볍게 해주려고 녀석이 눈을 앞당겨 감았는지 모르겠다. 아내는 그렇게 주장하지만 나는 반신반의했다. 녀석이 눈을 감기 5분쯤 전에 비가 오려고 해서 녀석을 안고 추녀 밑 토방에 옮겨주었는데 그것이 나에게 조금이나마 위로를 줄 뿐이다. 영원한 작별 전에 한 번 껴안아주었으니까. 생명이 다해가는 녀석의 체온과 무게를 느꼈으니까.

한 달 만에 여행에서 돌아왔는데 녀석은 산방에서 여전히 한자리를 차지하고 있는 듯했다. 녀석의 그림자가 어른댔다. 할 수 없이 지인이 키우던 한 살 흰둥이를 입양해 검둥이를 대신하게 했다. 흰둥이의 이름은 '행운'이다. '행운'이라고 작명한 까닭은 녀석을 만난 것이 행운이라는 생각이 들어서다. 아내가 끼니를 챙겨주던 새끼 길고양이 노랑이도 산방을 찾아왔다. 나는 아내에게 고양이 이름을 '행복'이라고 부르면 좋겠다고 제의했다. 어느새 아내는 노랑이를 '행복'이라고 부르고 있다. '행복'이라고 부르는 순간 아내 역시 행복해지지 않을까 싶다. 그렇다. 행복이란 하늘에서 뚝 떨어지는 것이 아니다. 나의 생각, 언행, 습관에서 생겨나는 긍정의 메아리인 것이다.

자기다운 꽃을 피워라

마중물 생각

꽃이 아름다운 것은 스스로를 온전하게 숨김없이 드러내고 있기 때문이 아닐까. 더 이상 여기에 무슨 말을 덧붙일 것인가! 나는 꽃이 자신을 아름답게 보이기 위해 과장하거나 조작하거나 무언가를 은폐하는 것을 본 적이 없다. 본래 모습대로 피어났다가 때가 되면 미련 없이 낙화할 뿐이다. 꽃은 인간과 달리 나아가고 물러나는 진퇴(進退)의 때를 알고 지킨다. 그래서 꽃의 뒷모습인 낙화마저도 아름다운 것은 아닐까.

법정스님께서는 "패랭이꽃은 장미꽃이 될 수 없고 장미꽃은 패랭이꽃이 될 수 없다"는 말씀을 자주 하셨다. 꽃은 자기만의 빛깔과 모양으로 꽃을 피우고 있는데, 사람들은 자꾸만 남을 닮으려고 한다며 다음과 같이 일갈하신 적이 있다.

"저마다 업을 달리하면서 자기 삶을 살고 있는데,

어째서 남의 흉내나 내면서 범속하게 살려 하는가?"

스님의 말씀과 침묵

\#

풀과 나무들은 저마다 자기다운 꽃을 피우고 있다.

그 누구도 닮으려 하지 않는다.

풀이 지닌 특성과 나무가 지닌 특성을 마음껏 드러내면서

눈부신 조화를 이루고 있다.

풀과 나무들은 있는 그대로 그 모습을 드러내면서

생명의 신비를 꽃 피운다.

자신의 존재를 있는 그대로 받아들이지 못하면 불행해진다.

진달래는 진달래답게 피고, 민들레는 민들레답게 피면 된다.

남과 비교하면 불행해진다.

\#

삶이 하나의 흐름이라는 것을 실감한다.

그 어떤 형태의 삶이라 할지라도 틀에 갇혀 안주하다 보면 굳어진다.

굳어지면 고인 물처럼 생기를 잃는다.

사람은 동물이라 움직임이 없으면 무디어지고 또한 시들고 만다.

살아 있는 것은 무엇이든 모두가 움직이고 있다.
변화 없는 삶은 이내 침체되고 무기력해진다.
진부해지고 지루해지기 마련이다.
생활에 리듬이 필요한 이유가 여기에 있을 것 같다.

\#

사람은 저마다 자기 빛깔과 특성을 지니고 있으므로
자기 자신답게 살려면 그 빛깔과 특성을 마음껏 드러내야 한다.
그런데 사람들은 자신의 특성은 묵혀둔 채 남을 닮으려고 한다.
자기 특성을 마음껏 발휘하면서 어떤 일에 전념할 때
우리 마음은 온갖 근심 걱정에서 벗어나 투명하고 평온해진다.
이런 상태가 마음의 안정이다.

\#

자기에게 주어진 인생을 보다 값있게 살 줄 알아야 한다.
가치 부여를 할 수 없는 삶은 단지 생존일 뿐,
생존에만 급급한 나머지 생활이 없는 사람을
어떻게 인간이라고 부를 수 있을 것인가.
많이 가지고 떵떵거리며 산다 할지라도
마음이 넉넉하지 못하면 값있는 인생이라고 할 수 없다.
비록 가진 것이 적더라도 마음의 여유를 지니고

최선을 다해서 자기 몫의 삶을 살아간다면

그는 당당한 인생을 이룰 수 있다.

\#

스스로 즐거움을 만들어낼 수 있어야 한다.

이 세상은 자체가 즐거움만 있는 세상이 아니기 때문이다.

울적할 때는 노래를 불러보라.

막혔던 가슴이 조금씩 열릴 것이다.

그래도 안 되면 심호흡을 몇 차례 하고 나서

방 안을 쓸고 닦는 청소라도 해보라.

마음에 낀 먼지와 때가 함께 벗겨지고

그 자리에 맑은 바람이 감돌고 따뜻한 햇살이 비칠 것이다.

\#

우리는 지금 죽지 않고 살아 있다는 사실에 고마워할 줄 알아야 한다.

이 세상에 영원한 존재는 그 어디에도 없다. 모두가 한때일 뿐이다.

그러니 살아 있을 때 이웃과 따뜻한 가슴을 나눠야 한다.

사람의 자리를 잃지 않고 사람 된 도리를 지키려면.

\#

비슷한 여건 속에 살면서도 어떤 사람은 자기 처지에

고마워하고 만족하면서 밝게 사는 사람이 있다.

그런가 하면 어떤 사람은

불평과 불만으로 어둡고 거칠게 사는 사람이 있다.

나는 행복한가, 불행한가?

나는 행복의 대열에 끼고 싶지

불행의 대열에는 결코 끼고 싶지 않다.

그렇다면 내가 내 안에서 행복을 만들어야 한다.

\#

사람에게는 그 자신만이 지니는 특성이 있다.

그것은 우주가 그에게 준 선물이며 그 자신의 보물이다.

그 특성을 마음껏 발휘하려면 무엇보다 먼저

긍정적인 사고가 받쳐주어야 한다.

모든 일을 긍정적으로 생각하면 일마다 잘 풀린다.

매사를 부정적으로 생각하면 도리어 될 일도 안 되고 일마다 꼬인다.

이 세상은 공평무사하게 누구에게나 스물네 시간이 주어져 있다.

그 시간을 어떻게 쓰느냐에 따라 그 인생은 달라진다.

이 귀중한 우주의 선물을 우리는 순간순간 어떻게 쓰고 있는가.

부정적으로 쓰고 있는가, 밝은 마음으로 쓰고 있는지

어두운 마음으로 쓰고 있는지 시시로 물어야 한다.

자신의 존재를 있는 그대로 받아들이지 못하면 불행해진다.
진달래는 진달래답게 피고, 민들레는 민들레답게 피면 된다. 남과 비교하면 불행해진다.

갈무리 생각

작가로서 나는 무슨 꽃일까. 무슨 개성과 향기가 있을까. 대학 시절 불교학생회에서 활동했던 산사순례 같은 경험 때문인지 등단 후 불교적인 단편소설을 주로 썼다. 나를 기대했던 선후배들이 적잖게 실망들을 했다. 작가가 너무 한쪽으로 치우치면 독자를 잃게 된다는 논리였다.

그런데 나는 교편을 접고 불교 관련 잡지사로 옮기면서부터 더욱 더 불교적인 세계관에 빠져들었다. 샘터사로 이직한 뒤에는 월간 〈샘터〉 고정필자인 법정스님을 만나 스님의 제자까지 되었으니까. 눈앞에 보이는 길을 걸었을 뿐 무슨 목적을 이루기 위한 작위적인 행위는 없었다. 인연의 강을 거스르지 않고 무심코 흘러왔다고나 할까.

〈샘터〉 고정필자인 최인호 작가와도 교분을 쌓았다. 어느 날 최인호 작가가 고백하듯 내게 "너의 문장은 불교적이다. 그것은 축복이니 다른 소재는 기웃거리지 마라" 하고 조언했다. 내게 벼락같이 영감을 준 말이었다. 머릿속을 맴도는 일말의 갈등을 해소시켜준 조언이었다. 그러고 보니 문단 말석의 작가로서 나의 꽃은 '있기는 있되 보이지 않는 꽃' 공화(空花)가 아닐까 싶다. 나의 근성이라면 비바람에도 결코 눕지 않는 들풀 같은 고집? 이제는 고해 같은 사막을 건너는 무상한 이웃, 그들의 마음을 위로해주는 파란 들풀이고 싶다.

삶이란 다듬고 가꾸는 것

마중물 생각

조용헌 칼럼니스트가 나를 취재 왔을 때 나는 '오는 사람 막지 않고 가는 사람 잡지 않는다'라는 제목을 달아달라고 강요(?)했다. 그리고 나를 도사나 도사연(道士然)하는 사람으로 절대로 쓰지 말라고 부탁했다.

그런데 그 취재기사가 S시사월간지에 나간 이후 내 산방을 찾아온 몇 사람을 살펴보니 새삼 '오는 사람 막지 않고 가는 사람 잡지 않는다'라는 제목이 현재까지도 '유효하구나!'라는 생각이 든다. 어떤 손님은 무례하게 술을 마시자며 강권하고, 또 어떤 손님은 잠을 잤던 방의 화장실 변기까지 말끔하게 닦아놓은 것을 확인하면서 호오(好惡)의 감정이나 분별심이 절로 생기게 마련인데 스스로를 경계하고 다잡아보는 것이다. 손님들의 뒷모습은 천차만별이다. 손님들은 각자 살아온 타성대로 자국을 흘리기 일쑤이다. 하지만 산중의 달은 어디에나 공평하게 달빛을 뿌리면서도 흔적을 남기지 않는다. 새들이 허공에 발자국을 남기지 않듯이.

법정스님은 뒷모습을 다음과 같이 정의했다. 늘 가까이 있어도 '눈속의 눈'으로 보이는, 눈을 감을수록 더욱 뚜렷이 나타나는 모습이 뒷모습이다. 뒷모습이 아름다워야 한다. 뒷모습을 볼 줄 아는 눈을 길러야 한다. 앞모습은 허상이고 뒷모습이야말로 실상이기 때문이다.

나 역시 '뒷모습이 참모습이다'라는 자각으로 《법정스님의 뒷모습》이라는 책을 냈다. 뒷모습이란 각자의 삶이 각인된 '내신 성적표' 같은 것이 아닐까.

스님의 말씀과 침묵

\#

너무 뛰지 말라.

조급하게 서둘지 말라.

우리가 가야 할 곳은 그 어디도 아닌 우리들 자신의 자리다.

시작도 자기 자신으로부터 내디뎠듯이

우리가 마침내 도달해야 할 곳도 자기 자신의 자리다.

\#

저마다 부자가 되려고 하는 오늘 같은 물질만능의 세태에서는 차라리 가난의 덕을 배우는 것이 슬기로운 일이 아닐까.

마음이 가난해야 복이 있다고 했으니까.

마음이 가난해야 온갖 갈등과 모순에서 깨어날 수 있으니까.

마음이 가난해야 거기 우주의 메아리가 울릴 수 있으니까.

마음이 가난해야 비로소 삶의 무게를 헤아릴 수 있으니까.

\#

보는 각도를 달리함으로써 사람이나 사물이 지닌 새로운 면을

아름다운 비밀을 찾아낼 수 있다.

우리들이 시들하게 생각하는 그런 사이라 할지라도

선입견에서 벗어나 맑고 따뜻한 '열린 눈'으로 바라본다면

시들한 관계의 뜰에 생기가 돌 것이다.

내 눈이 열리면 그 눈으로 보는 세상도 함께 열리는 법이다.

\#

버리고 비우는 일은 결코 소극적인 삶이 아니다.

그것은 지혜로운 삶의 선택이다.

버리고 비우지 않고서는 새것이 들어설 수 없다.

일상의 소용돌이에서 한 생각 돌이켜,

선뜻 버리고 떠나는 일은 새로운 삶의 출발로 이어진다.

미련 없이 자신을 떨치고

버리고 비우는 일은 결코 소극적인 삶이 아니다. 그것은 지혜로운 삶의 선택이다.
버리고 비우지 않고서는 새것이 들어설 수 없다.

때가 되면 푸르게 잎을 틔우는 나무를 보라.
쩌들고 퇴색해가는 삶에서 뛰쳐나오려면
그런 결단과 용기가 있어야 한다.

\#

우리는 우리가 가진 물건이나 행동,
사상이나 종교로부터도 자유로워야 한다.
어디에 집착하여 얽매이면 청정한 심성은 흐려져
가치의식이 전도되고 존재의 활기도 빛을 잃는다.
오늘날 우리들은 보다 많이 보다 크게 차지하여
부자가 되려 하지, 가난을 지키면서 즐기려고는 하지 않는다.
알맞게 가난을 지킨다는 것이 오늘 같은 현실에서는
부자가 되기보다 어쩌면 더 어려울지도 모른다.
그러나 우리가 선택한 '적당한 가난'은 우리를 자유롭게 한다.
이 같은 내적인 가난만이 삶의 진실을 볼 수 있으며
거기에는 번뇌와 갈등이 비교적 적다.

\#

지나간 과거사를 회상하면서 사는 사람을 늙었다고 하고
미래에 대한 희망에 부풀어 있는 사람을 젊다고 한다.
탐구하는 능력을 잃어버린 사람들은

낡은 것에 얽매여 집착하기 때문에 더욱더 늙을 수밖에 없고
왕성한 생명력으로 생산적인 활동을 하는 사람들은
나날이 거듭나면서 미래를 지향하기에 영원한 젊음을 누린다.
육신의 나이와 상관없이 그가 얼마나 창조적인 생활을
하고 있는가에 따라 늙고 젊음이 가려져야 한다.

갈무리 생각

지금 내리는 가랑비를 겨울비라고 불러야 할지 봄비라고 해야 할
지 난감하다. 우산을 펴지 않고 맞아도 차갑지 않은 것을 보면 봄비
라고 해야 옳을 듯도 싶다. 마당가의 배롱나무 가지와 매화나무 가지
끝에 매달린 물방울들이 꽃망울처럼 영롱하고 소담스럽다.

스님의 말씀들이 가랑비처럼 가슴을 적신다. 우리가 마침내 도달
해야 할 곳은 자기 자신의 자리라는 말씀에 내가 서 있는 지점을 점
검해본다. 그렇다. 가장 긴 여행의 목적지는 자기 자신의 자리일 것이
다. 부자가 되려고 하기보다 차라리 가난의 덕(德)을 배우라는 말씀
에도 눈이 맑히는 듯하다.

가난에 덕(德)이 있다니 무언가를 발견한 것 같다! 풍요의 반대인
결핍의 가치라고나 할까. 가난의 덕을 가난이 주는 혜택이라고 바꾸

어보니 가난과 동거하고 싶어진다. 스님께서 말씀하시는 '열린 눈'이란 '본래의 눈'일 것이다. 우리는 본래의 눈에 선입견이나 고정관념의 색안경을 끼고 사니까 말이다. 잔이 비어 있는 것은 채우기 위해서이다. 버리고 떠나기도 마찬가지. 그러지 못하고서야 어떻게 새로운 삶의 출발을 기대할 수 있겠는가.

생명은 존중받아야 한다

마중물 생각

오늘도 무당벌레가 내 책상에서 논다. 붉은 바탕에 검은 점이 있는 녀석도 있고, 반대로 검은 바탕에 붉은 점이 있는 녀석도 있다. 아마도 검은 바탕에 붉은 점이 있는 녀석들은 돌연변이일 것이다. 햇볕이 드는 창 쪽에 벌써 몇 마리가 진을 치고 있다.

아내가 방청소를 하다 말고 진공청소기를 뜯고 있다. 진공청소기 속으로 무당벌레 한 마리가 빨려 들어가버린 모양이다. '무슨 일병 구하기'라는 영화처럼 무당벌레를 살려내려고 애를 쓰는 아내가 더욱 사랑스럽다. 산중에 살다 보면 미물까지도 식구가 된다.

나는 며칠 전 칼럼에서 어떤 분의 목숨 건 비장한 단식을 이야기하면서 글 끝을 다음과 같이 마무리 지었다.

'거룩한 한 생명을 떠나보내고 난 뒤 안타까워한들 무슨 소용이 있을까. 양심에 시나브로 얹히는 허물의 무게를 어떻게 감당할 수 있을 것인가.'

스님의 말씀과 침묵

\#

이 세상에서 가장 고귀한 것은 생명이다.

생명의 무게를 달 수 있는 저울은 아무 데도 없다.

목숨은 단 하나뿐인 존재의 뿌리다.

\#

사람이 죽을 때 그 사람 혼자만 죽는 것이 아니다.

그의 가족이며 친척과 친구, 그와 관계된 모든 세계가

함께 무너져 내리는 것이다.

심지어 그가 지녔던 물건까지도 빛을 잃는다.

그러니 한 사람의 목숨을 앗을 때 얼마나 많은 사람들에게

상처를 입히게 될 것인가를 생각해야 한다.

\#

생명에 대한 깊은 존중과 사랑이 없다면

우리 시대와 사회는 결코 새로워질 수도 개선될 수도 없다.

너그럽게 받아들이고 용서하는 관용의 정신은

우리들 인간에게 가장 으뜸가는 덕이다.

언제 어디서나 이 우주에 가득 차 있는 진리의 혼을 보려면

가장 하잘것없는 미물일지라도 내 몸처럼 아끼고 사랑할 수 있어야 한다.

#

군불을 지피려 부엌에 들어가려다가
새 새끼가 한 마리 땅에 떨어져 오들오들 떨고 있는 것을 보았다.
솜털이 보얀 박새였다.
새집에서 굴러떨어졌거나
아니면 너무 서둘러 나는 연습을 하다가 떨어졌는지도 모른다.
안쓰러워 손으로 만지려고 하니 입을 벌려 짹짹거리면서 피했다.
어미 새 두 마리가 날아와 나를 경계했다.
군불을 지피고 나서도 어린 새 일에 마음이 쓰여
한쪽에 돌아서서 유심히 살펴보았다.
어미 새가 이따금 날벌레를 물어와 새끼에게 먹이는데
바로 먹이지 않고 몇 차례씩 입에 넣었다 빼었다 하면서
조금씩 나는 연습을 시켰다.
두 마리 새가 번갈아가면서 이렇게 이틀을 하더니
마침내 새끼 새가 제 힘으로 날아갔다.
나도 어깨를 펴고 숨을 크게 쉴 수 있었다.
새들의 지극한 모성애에 소리 없는 박수를 쳐주었다.

이 세상에서 가장 고귀한 것은 생명이다.
생명의 무게를 달 수 있는 저울은 아무 데도 없다. 목숨은 단 하나뿐인 존재의 뿌리다.

갈무리 생각

연못에 도롱뇽 유생(幼生)들이 많이 컸다. 나는 처음에 그것들이 개구리 올챙인 줄 알았는데, 어떤 분이 보더니 도롱뇽 유생이라고 지적해주었다. 어쨌든 검은 빛깔의 생명들이 내가 사는 공간을 1급 청정지역이라고 보증해주는 것 같아 고맙다. 세존께서는 모든 존재를 연기의 도리로 보아 한 몸이라고 설했다. 아무리 작은 미물이라 하더라도 오염된 환경으로 인하여 살지 못한다면 인간은 이미 알게 모르게 병들어 있는 것이다. 그러니 환경을 오염시킨다는 것은 인간 자신을 병들게 하고 불행을 자초하는 미련한 짓이다.

몇 년 전 내 산방의 이야기다. 검둥이 지장이와 네눈박이 쌍산이가 사랑하더니 지장이가 새끼를 8마리나 낳았다. 1달 하고도 9일이 지나는 동안 강아지 2마리가 죽었다. 한 마리는 물을 급하게 먹다가 급체해 죽었고, 또 한 마리는 자고 일어나 보니 토방 밑에 웅크린 채 죽어 있었다. 내가 보기에는 일종의 의문사였다. 두 마리 모두 배롱나무 숲에 수목장을 해주었다.

지장이가 낳은 새끼들은 어림잡아 서른네댓 마리. 매년 한 번씩 다섯 해 동안 새끼를 낳았으니 나도 정확한 숫자는 모르겠다. 겨울에 새끼를 낳을 때는 몸으로 북풍한설을 막는 것을 보았고, 새끼들의 똥꾸까지 핥아주어 청결하게 하는 것을 보고 감탄할 때가 한두 번이 아니었다. 어린 생명을 사랑하는 어미개의 본능은 사람보다 더하면 더했지 못하지 않았다. 나는 어미개의 모성애를 본 뒤로는 아무리 화가 나도 '개새끼'라는 욕을 해본 적이 없다. 개와 함께 살면서 개를 모욕하고 싶지 않아서였다.

믿음은 가슴에서 온다

마중물 생각

서옹스님께서 살아생전에 내게 '살아도 죽은 사람이 있고, 죽어도 산 사람이 있다'고 말씀하신 적이 있다. 아직도 나에게는 유효한 말씀이다. 주변을 돌아보건대 한국불교의 미래가 걱정스럽다. 물론 모든 수행자들이 세속화되고 있다는 말은 아니다. 존경할 만한, 마땅히 공양할 만한 맑고 향기로운 수행자가 줄어들고 있다는 말이다. '진승(眞僧)은 하산하고 가승(假僧)은 입산한다'는 진묵대사의 말씀이 가슴을 친다.

어쩌면 미래의 불자들은 낙심하고 절망한 나머지 스님이 있는 절로 가지 않고 집에 부처를 모시는 '절이 없는 불자'들이 생겨날지도 모르겠다. 인생의 잔고가 얼마 남아 있지 않은 나부터도 그러고 싶을 때가 한두 번이 아니다. 중국의 당나라 사람 양보는 부처님은 집 안에 있다는 '불재가중(佛在家中)'이라는 말을 남겼다. 평생 불교 관련 소설과 산문집을 발표해온 나는 양보를 떠올릴 때마다 참으로 우울

하다. 오늘은 비록 꼭두새벽에 새벽별이라도 마주쳤지만 내일의 둥근 보름달은 부끄러워서 차마 우러러볼 수 없을 것 같다. 어찌 한국 불교만의 일이겠는가.

스님의 말씀과 침묵

#

깨달음이 개인적인 체험이라면
닦음은 사회적인 의무와 나누어 가짐(廻向)으로 이어진다.
종교가 어느 문화현상보다도 값질 수 있는 것은
개인의 체험에 그치지 않고 되돌리고 나누어 가지는
대사회적인 기능을 할 수 있기 때문이다.

#

그 시대와 후세까지 모범이 된 신앙인들은
가난과 어려움 속에서 믿음의 꽃을 피우고 그 열매를 맺었다.
불교 경전에 수도자는 먼저 가난해야 한다고 적혀 있다.
가난하지 않고서는 보리심이나 어떤 진리에 대한
자각이 이루어지기 어렵다는 것이다.

믿음은 머리에서 나오지 않는다. 가슴에서 온다. 머리에서 오는 것은
지극히 추상적이고 관념적이다. 머리는 늘 따지고 의심한다. 그러나 가슴은 받아들인다.

#

믿음은 머리에서 나오지 않는다.

가슴에서 온다.

머리에서 오는 것은 지극히 추상적이고 관념적이다.

머리는 늘 따지고 의심한다.

그러나 가슴은 받아들인다.

열린 가슴으로 믿을 때 그 믿음은

진실한 것이고 또 살아 움직이는 것이다.

#

종교의 존재 이유는 인생의 의미와 가치를 주는 데 있다.

그러한 통로를 열어주지 못한 종교의 존재는 무의미하다.

종교가 할 일은 무엇인가?

인간을 자각시키는 일이다.

비인간화의 소용돌이 속에서 인간으로 회복시키는 일이다.

#

그 어떤 과학과 기술이라도 인간 회복과 생명 존중에 대한

종교의 기능을 대신할 수는 없다.

종교적인 신조는

과학 용어로는 이해할 수 없는 의문에 대한 회답이다.

종교의 가르침은 과학의 언어가 아니라
시나 신화로 표현되어 있다.

\#

이 세상에 완전한 것은 하나도 없다.
종교라 해서 예외일 수 있겠는가.
어떤 종교든지 좋은 면이 있는가 하면,
그 그늘 아래 좋지 못한 면도 있게 마련이다.
종교도 사람이 만들어놓은 것이다.
사람이 사람답게 살기 위해 마련한 여러 가지
문화현상 중의 하나다.

\#

우리가 종교에 접근하려면 힌두교, 유태교, 이슬람교, 불교 등
부득이 종파적인 관문을 거치지 않을 수 없다.
그러나 종파의 울타리 안에 갇히게 되면
드넓은 종교의 지평을 내다볼 시력을 잃는다.

\#

집이 크고 사람이 많이 모인다고 해서
거룩한 교회와 큰절이 되는 것은 결코 아니다.

거기 모인 사람들이 상업주의와 허세에 물들지 않은
신앙인들인지 아닌지, 참으로 발심한 수행자들인지 아닌지에 따라
거룩한 교회나 큰절이 될 수 있다.
아니면 허울 좋은 장사꾼의 장터로 전락할 수도 있다.

\#
모든 종교적인 집회에서 그 알맹이는
깨어 있는 맑은 혼이다.
이런 알맹이가 없는 교회와 절은
혼이 나가버린 시가 얼마짜리의
싸늘한 건축물에 지나지 않는다.

갈무리 생각

오래전에 발표한 글의 일부이다. 그대로 옮겨본다.

'이불재로 이사하면서 스스로 약속한 것 중에 하나는 아래 절의
새벽예불에 꼭 참여하리라는 결심이었다. 그러나 내가 내 자신에게
한 약속은 산중생활을 하는 동안 무효가 되고 말았다. 그 사연은 이
러하다.

아버지는 심장이 나빠 하루에 약을 세 번 드시고, 오십 세 이후부터

육식을 해본 적이 없는 분이셨다. 계란마저 잡수시지 않았다. 나는 옷을 갈아입는 아버지의 몸을 자주 보곤 했는데, 육탈한 듯 살은 없고 거죽뿐이었다. 낡은 수레 같기도 하고 뼈만 앙상한 부처의 고행상(苦行像)을 보는 느낌이었다. 그래도 아버지는 절대로 방에 드러눕는 일이 없었다. 낮에는 조금도 쉬지 않고 움직였다. 묵은 밭을 일궈 무씨와 배추씨를 뿌려놓고 정성을 다해 가꾸셨다. 아침마다 무가 굵어지고 배춧잎이 파래지는 것을 보고는 즐거워하셨다. 내가 보기에는 그런 기쁨이나 찾을 뿐 아무런 욕심이 없는 분이셨다. 귀가 어두워 소리치지 않으면 듣지 못하셨지만 세상의 소리를 멀리하니 시비에 휘말리는 일도 없었다.

문득 나는 아버지가 아니라 부처를 모시고 산다는 깨달음이 들었다. 그러니 절만 법당이 아니라 내가 사는 이불재가 바로 법당이라는 자각이 왔다. 이후 나는 다시 부처를 밖에서 찾는 따위의 부질없는 짓은 하지 않게 되었다. 아버지가 부처이고 머무는 집이 법당이기 때문이었다.

그러나 어찌 내 아버지만 부처이고 내 산방인 이불재만 법당이겠는가. 너나없이 우리는 가까이 부처를 모시고 있으며 날마다 휴식을 주는 법당에서 살고 있지 않은가. 사랑하는 아내와 자식까지도 모두가 부처이고 보살이라는 생각이 든다. 아버지는 부처이고, 어머니는 관세음보살, 아내는 보현보살, 아들은 문수동자, 딸은 미륵이다. 다만 미완(未完)의 부처이고 보살일 뿐이다.'

아버지가 세상을 뜨신 지 10여 년이 됐다. 그러나 그 덕화의 그림자는 오랫동안 사라지지 않고 있다. 밖에 나가면 텃밭에서 허리를 구부린 채 일하고 계실 것만 같다. 그런 날은 지심귀명례(至心歸命禮)라는 소리가 목구멍 안에서 절로 나온다.

선(禪)이란 한 생각 돌이키는 것

마중물 생각

선(禪)이란 밤하늘의 별처럼 자기 자리에서 빛나는 실존의 역동성이 아닐까. 산중에 은거하면서 깨달은 것이 더러 있다. 컴컴한 밤하늘이 왜 아름다운지 그 비밀도 풀렸다. 내가 알고 있는 별은 태양계에 떠 있는 행성 여남은 개였는데, 산중에 십수 년 살면서 밤하늘을 보니 그게 아니었다. 크고 작은, 밝고 희미한 수없이 많은 별들이 밤새 자기 자리에서 묵묵히 빛나고 있었다. 나는 그것을 보고 아름다운 화엄의 세계가 무엇인지를 깨달았다.

선적(禪的)인 삶이란 밤하늘의 별들과 같이 자기에게 주어진 빛을 온전히 발하는 광휘(光輝)의 삶이 아닐까. 밤하늘을 보라. 어느 별도 자기를 드러내려 하지 않고 그냥 자기 자리에서 오직 망설임 없이 빛나고 있을 뿐! 그러다가 자기 생이 다하면 미련 없이 유성(流星)으로 바뀌어 사라지고 만다. 낙하하는 유성은 밤하늘에 몰종적(沒蹤跡)의 빗금을 그으며 생을 마감해버린다. 우리도 우리에게 주어진 질량이

크든 작든 간에 저 별들처럼 제자리에서 말없이 빛을 내며 살다가 흔적 없이 사라지는 실존이어야 하지 않을까.

스님의 말씀과 침묵

\#

선은 설명이나 해설에 의해 진리를 인식하는 것이 아니다.
자기 자신 속에 살아 있는 진리를 자기 눈으로 직접 확인하는 수행이다.
그래서 마음 밖에서 찾지 말라 하고,
문으로 들어온 것은 집안의 진정한 보배가 될 수 없는 것이다.
얻어들은 지식이나 정보는 언젠가 흩어져 날아가버릴 먼지 같은 것.
거리낌 없는 지혜야말로 그 사람의 무게를 이루고 빛을 발하게 한다.

\#

우리들은 머리와 입만 커다랗게 열려 있지
가슴과 발은 점점 퇴화되어가고 있는 실정이다.
지극히 관념적이고 추상적인 인간으로 팔팔한 생명의 빛을 잃어간다.
따라서 대지와의 관계가 그만큼 멀어지고 있다.
선은 대지와 밀착할 수 있는 마음과 몸의 단련이다.
좌선은 어디에도 의존함이 없이 당당하게 홀로 직립하는 모습이다.

진실한 내가 움직이고 있을 때는 '나'를 잊어버린다.
무아(無我)의 경지요, 창조적인 망각의 상태다. 나를 잊어버릴 때 비로소 내가 된다.

\#

선은 모방과 획일성을 배격한다.

저마다 업을 달리하면서 자기 삶을 살고 있는데,

어째서 남의 흉내나 내면서 범속하게 살려느냐는 것이다.

독창적인 자기 세계를 일깨워 개척하지 않고

남이 닦아놓은 남의 길을 안이하게 가려느냐는 질책이다.

선은 개인의 특성과 창의력을 존중한다.

두 사람의 석가나 똑같은 달마는 필요 없다는 것이다.

\#

진실한 내가 움직이고 있을 때는 '나'를 잊어버린다.

무아(無我)의 경지요, 창조적인 망각의 상태다.

나를 잊어버릴 때 비로소 내가 된다.

자기를 텅 비울 때 체험의 세계와 하나가 되어

객관적인 사물과 대립하지 않고

해탈한 자기, 본래의 자기로 돌아간다.

일을 하고 있으면서도 그 일에 구애받지 않은 무애(無碍)의 경지

이런 때 일에나 삶에 그릇된 실수는 있을 수 없다.

이것이 바로 살아 있는 선(禪)이다.

순수한 기도의 경지 또한 마찬가지다.

사랑과 지혜로 충만한 이런 체험으로 인해

우리는 일상적인 온갖 모순과 갈등에서 해방될 수 있다.

#

선(禪)은 기성의 권위도, 사회적인 지위도,

교양이나 지식도 전재함이 없이 발가벗은 진실한 인간으로서

그 무엇에도 속지 않을 '열린 눈'만 문제 삼는다.

선은 사물의 개념이나 격식을 거부한다.

경전이나 어록까지도 한낱 휴지 취급을 한다.

지식의 짐에서 자유로운 마음만이

무엇이 진리이고 거짓인지 가려볼 수 있다.

설명에 의해 진리를 인식하는 것이 아니라

자신 속에 살아 있는 진리를 자기 눈으로 확인하려는 것이 선이다.

이미 식어버린 관념에서 벗어나

원체험의 세계로 돌아가 본래의 건강을 회복하려는 의지이다.

#

선이 단순히 깨달음의 지혜에 머문다면

그것은 한낱 철학의 영역에 지나지 않는다.

거기에 대비심이 있기 때문에

선은 진짜 종교가 될 수 있다.

#

한 생각 돌이키는 것이 선이다.

지혜가 딴 데 있지 않고 어리석음이 사라진 그 자리이며,

사랑 또한 미움이 가시고 난 바로 그 자리다.

번뇌가 보리(道)를 이루고 생사가 열반(解脫)에 이르는 디딤돌인 것이다.

갈무리 생각

누가 내게 선이 무엇이냐고 묻는다면 '한 생각 돌이켜 첫 마음이 되는 것이다'라고 말하겠다. 한 생각 돌이킨다는 것은 현재의 생각을 놓아버린다는 말도 된다. 허상에서 본질로 돌아간다는 것이다. 그런가 하면 번뇌와 망상을 놓아버리고 본래의 자리로 돌아간다는 뜻도 있다. 이를 방하착(放下着)이라고 한다. 두려울 때는 두려움을 놓아버리면 되고, 슬플 때는 슬픔을 놓아버리면 된다. 헛된 꿈에 사로잡혀 있을 때는 헛된 꿈을 놓아버리면 바로 그 자리에 안락이 충만해진다.

얼마 전의 일이다. 산방을 나서는데 텃새인 직박구리 한 마리가 현관 바닥에 죽어 있었다. 현관 유리창에 부딪쳐 죽은 것이다. 산방을 짓고 산 이후 처음 보는 일이었다. 가만히 살펴보니 현관 유리창에 투영된 소나무를 보고 달려들다 사고를 당한 것이 틀림없었다. 나는

직박구리를 느티나무 그루터기 옆에 묻어주고는 어리석은 사람도 죽은 새와 다를 것이 없다고 생각했다. 본질이 아닌 헛된 그림자를 보고 달려들다 얼마나 많은 사람들이 고통을 받고 괴로워하고 때로는 목숨을 잃고 있는가. 사람을 취하게 하는 권력이나 돈, 명예 같은 것이 결코 인생을 행복하게 하는 본질은 아닌 것이다.

한밤중까지 책 읽고 다시 잠을 청해 자고 난 뒤에 보니 청매꽃 서너 송이가 피어 있다. 향기도 더 짙어져 있다. 매화가지와 아내가 만든 작고 푸른 달항아리와 은근하게 잘 어울리는 것 같다. 청매이기 때문에 그러지 않나 싶다. 엉성한 꽃꽂이인 듯하지만 청매의 아취와 다가서는 봄의 운치가 느껴진다.

고독하되 고립되지 말라

마중물 생각

대학 후배 세 사람이 1박을 하고 갔다. 은사님 팔순을 기념하는 책에 관한 얘기를 나누기 위해서였다. 후배들이 떠나간 마당을 노란 창포꽃과 붉은 작약꽃, 흰 수국꽃이 쓸쓸하게 지키고 있다. 나는 이러한 풍경이 편하다. 고독이 숙명적인가 보다. 세 꽃에 세 후배 캐릭터의 그림자가 어려 있다. 그래서인지 내가 고립돼 있다는 느낌은 들지 않는다.

내 나이 이순(耳順)을 넘기고 나니 귀밑머리에 허연 된서리가 내리고 있다. 선가(禪家)에서는 흰 머리카락을 염라대왕의 편지라고 한다. 염라대왕이 나를 부를 때가 됐으니 욕심 줄이고 살라는 경고의 편지라는 것이다. 그래도 생각 없이 함부로 산 사람에게는 훗날 저승에서 염라대왕이 신발값을 청구한다고 하니 잘 살아야 한다. 한 걸음이라도 헛걸음하면 신발값 청구한다고 하니 이승은 물론 저승에서도 진실하게 살아야 한다.

스님의 말씀과 침묵

\#

우리 인간에게는 두 개의 눈과 두 개의 귀가 있는데

혀는 하나뿐이다.

보고 들은 것의 절반만 말하라는 뜻이 아닐까.

침묵 속에서 사람은 거듭거듭 형성되어간다.

침묵의 바다에 잠김으로써 자신의 실제를 응시할 수 있고

시든 생명의 뜰을 소생시킬 수 있다.

침묵의 바다에서 존재와 작용은 하나를 이룬다.

사람의 위대함은 그의 체력이나 지식에 있지 않고

오로지 맑은 혼에 있다.

\#

현대의 우리에겐 자기 언어가 없다.

날마다 우리들 귓가에 대고 호소하고 설득하는 정치인이나

연예인들이 말을 거르지 않고 그대로 입에 담고 있다.

이 일 저 일에 팔리면서 쫓기느라고 생각할 여유가 없다.

자기 사유를 거치지 않으니 자기 언어를 지닐 수 없게 된 것이다.

\#

오늘 우리들은 어디서나 과밀 속에서 과식하고 있다.

생활의 여백이 없다.

실(實)로서 가득 채우려고만 하지

허(虛)의 여유를 두려고 하지 않는다.

우리들의 정신은 너무나 많은 일에 분산되어

제정신을 차리고 살기 참으로 힘들다.

내가 내 인생을 자주적으로 산다기보다는

무엇인가에 의해 삶을 당하고 있다는 표현이 적절할 것이다.

\#

고독할 수는 있어도 고립되어서는 안 된다.

고독에는 관계가 따르지만

고립에는 관계가 따르지 않는다.

모든 살아 있는 존재는 관계 속에서 형성되어간다.

홀로 있을수록 함께 있으려면

먼저 자기관리가 철저해야 한다.

자기관리를 소홀히 하면 그 누구를 물을 것 없이

그 인생은 추해지게 된다.

\#

우리들이 어두운 생각에 갇혀서 살면

우리들의 삶은 어두워진다.

나쁜 음식, 나쁜 약, 나쁜 공기, 나쁜 소리, 나쁜 생활습관은

나쁜 피를 만든다.

나쁜 피는 또한 나쁜 세포와 나쁜 몸과 나쁜 생각과

나쁜 행동을 낳게 마련이다.

어떤 현상이든지 우리가 불러들이기 때문이다.

\#

일을 할 바에야 유쾌하게 하자.

그래야 능률도 오르고 피로도 덜하고

살아 있는 기쁨도 누리게 될 것이다.

기쁨이 없는 곳에는 삶 또한 있을 수 없다.

사람과 일이 따로따로가 아니라,

사람이 그 일 자체가 되어 순순하게 몰입하여

지속하고 있는 동안에는 자신도 사물도 의식되지 않는다.

이게 바로 삼매의 경지다.

이때 잔잔한 기쁨과 감사하는 마음이 꽃향기처럼 은은히 배어 나온다.

가장 아름답고 거룩한 인간의 모습이 여기에 있다.

고독할 수는 있어도 고립되어서는 안 된다. 고독에는 관계가 따르지만
고립에는 관계가 따르지 않는다. 모든 살아 있는 존재는 관계 속에서 형성되어간다.

#

사람은 살 때 빛이 나야 하듯이

죽을 때도 그 빛을 잃어서는 안 된다.

생과 사가 따로 나누어질 수 없는

겉과 속 관계라고 하니 더욱 그렇다.

#

마음을 비우려면 무엇엔가 귀를 기울일 줄 알아야 한다.

그러려면 될 수 있는 대로 쓸데없는 대화를 피해야 한다.

홀로 있으면서 발가벗은 자기 세계를 응시할 수 있어야 한다.

문명의 소리는 우리 마음을 자꾸 어지럽힌다.

거기에는 생명의 흐름이 없기 때문이다.

그러나 자연의 소리는 그 자체가 완벽한 생명의 조화를 이루고 있어

듣는 마음을 정결하게 밝혀주고 편하게 가라앉혀준다.

자연의 소리는 굳이 밖에서 들리는 바람소리나 물소리만이 아니다.

더 원천적인 자연의 소리는 내 마음에서 울려오는 소리이다.

갈무리 생각

사랑방 현판용 글씨는 스승이신 법정스님의 친필이다. 뫼 산 자의

봉우리가 두 개인 까닭이 있다. 스님께서 글씨를 쓰시다가 왼쪽이 좁아져 순간적으로 재치를 발휘하신 것이다. 재치도 아무렇게나 발휘하신 것은 아니다. 아래 절 이름이 쌍봉사이다. 두 개의 봉우리를 연상시키는 절이다. 실제로는 신라시대에 쌍봉사를 창건한 철감선사 법호가 쌍봉으로 알려져 있다. 철감선사는 당나라 유학승이었는데, 남전선사의 제자가 되어 조주선사와 사형사제 사이였다고 한다.

그런데 사랑방 현판에는 붉은 낙관이 없다. 스님께서는 현판용 글씨에 낙관을 찍는 것은 자기 글씨를 자랑하는 거와 같다고 말씀하셨다. 사람들은 낙관을 찍었어야 가치가 더 생길 거라고 말하지만 내 생각은 다르다. 스님의 글씨를 볼 때마다 흐트러졌던 내 질서를 바로잡기 때문이다. 작가로서 맹독 같은 허명을 경계하는 것이다. 나에게는 낙관이 없기 때문에 더욱 보배가 된 스님의 글씨다.

나를 시들게 하는 것들을 생각해본다. 게으름, 잠, 그른 생각과 말, 잘못된 행동 등등. 새로운 순간과 시간을 가로막는 방해꾼들이다. 그래서 수행자들은 게으름도둑, 잠도둑이라며 경계했던 것이다. 내 안의 도둑을 경계하려면 눈을 뜨고 있어야 한다.

자연은 끊임없이 베풀고 있다

마중물 생각

곰삭은 오솔길도 자연의 일부이다. 오솔길에는 구불구불 오래된 시간의 향기가 난다. 나는 훤한 새 길보다, 번개처럼 달리는 고속도로보다 낙엽이 뒹구는, 산비둘기가 쓸쓸하게 우는, 다람쥐가 앙증맞게 구는 묵은 오솔길이 좋다. 오솔길로 들어서면 과거의 사람들과 오늘의 내가 도란도란 얘기를 주고받으며 걷고 있다는 느낌이 든다.

오솔길을 걷는 동안 '현실의 나'라는 개체가 '역사적인 나'라는 전체가 되어 갑자기 영감이 솟구치기도 한다. 실제로 집필 중인 작품이 꽉 막혀 진전이 없을 때 오솔길을 걸으면 술술 풀릴 때가 많다. 자연이 나에게 무언가 베풀고 있다는 증거이다. 삶이 막다른 골목에 다다라 눈앞이 막막한 이들에게도 호젓한 오솔길에 홀로 들어서서 모든 생각 놓아버린 채 무심코 걸어보기를 권하고 싶다.

스님의 말씀과 침묵

\#

새소리는 종일 들어도 싫지가 않다.

하는 일에 조금도 방해가 되지 않는다.

그 자체가 우주적인 조화를 이루고 있기 때문이다.

그러나 아무리 아름다운 음악이라 할지라도,

또는 마음의 양식이 될 어떤 고승의 설법이나

부흥사의 설교라 할지라도 연거푸 들으면 멀미가 난다.

어디까지나 인위적인 것이므로 그렇다.

\#

아름다운 자연의 소리를 즐기려면

아무 생각 없이 빈 마음으로 조용히 있기만 하면 된다.

어떤 선입관에 사로잡힘 없이 마음이 자유로워야 한다.

그렇지 않고서는 이 지구의 아름다움을 보고 느낄 수 없다.

아름다움을 이해하려면 가장 편안한 상태에서

그 대상과 소통할 수 있어야 한다.

자연은 팍팍한 우리 일상에 가장 정결한 기쁨을 안겨준다.

\#

가랑잎 밟기가 조금은 조심스럽다.

아무렇게나 흩어져 누워 있는 가랑잎 하나에도

존재의 의미가 있을 것 같다.

우리가 넘어다볼 수 없는 그들만의 질서와 세계가 있을 법하다.

이 세상의 모든 것은 있어야 할 필연적인 이유로 거기 그렇게 존재한다.

\#

산에서 듣는 바람소리는 귓전만 스치는 것이 아니다.

뼛속에 묻은 먼지까지도,

핏줄에 섞인 티끌까지도 맑게 씻어주는 것 같다.

산바람소리는 갓 비질을 하고 난 뜰처럼 우리들 마음속을

차분하고 정갈하게 가라앉혀준다.

인간의 도시에서 묻은 온갖 오염을 씻어준다.

아무런 잡념도 없는 무심을 열어준다.

\#

농경사회에서 산업사회로 바뀌면서

우리들은 생명의 바탕인 흙의 은혜를 날이 갈수록 저버리고 있다.

흙을 의지하지 않고, 그 흙을 등지고 살아가는

생물은 이 지구상 어디에도 없다.

우리 인간이 흙을 떠나서는 살 수 없는 생물이라는 사실을
꿈속에서라도 잊지 말아야 한다.

\#

어디서 한 송이 꽃이 피어날 때
그것은 우주의 큰 생명력이 꽃을 피우고 있는 것이다.
찬바람에 낙엽이 뒹구는 것도 우주의 큰 생명력의 한 부분이
낙엽이 되어 뒹굴고 있는 것이다.

\#

개울가에 꽃은 다 지고 없는데 용담 한 그루 홀로 남아 있었다.
나는 그 꽃 속이 어떻게 생겼는지 몹시 궁금했다.
입 다물고 있는 용담이 꽃봉오리에게 다가가 낮은 목소리로
"나는 네 방 안이 어떻게 생겼는지 궁금한데 한 번 보여주지 않을래?"
하고 청을 했다.
다음 날 무심코 개울가에 나갔다가 그 용담을 보았더니
놀랍게도 꽃잎을 활짝 열고 그 안을 보여주었다.
어떤 대상을 바르게 이해하려면 먼저 그 대상을 사랑해야 한다.
이쪽에서 따뜻한 마음을 열어 보여야 저쪽 마음도 열린다.
모든 살아 있는 존재는 서로 이어져 있기 때문이다.

봄에는 파랗게 움트고 여름에는 무성하게 자라고 가을에는 누렇게 익으라.
겨울에는 말문을 닫고 안으로 여물어라. 이것이 자연이 우리에게 가르치는 교훈이 아니겠는가.

#

봄에는 파랗게 움트고

여름에는 무성하게 자라고 가을에는 누렇게 익으라.

겨울에는 말문을 닫고 안으로 여물어라.

이것이 자연이 우리에게 가르치는 교훈이 아니겠는가.

봄이 와도 봄을 느끼지 못하고

꽃이 피고 새가 노래해도

그것을 보거나 들을 줄 모른다면 그는 이미 병든 것이다.

그런 병은 어떤 의사도 치유할 수 없다.

#

사람은 어느 때 가장 맑을까?

산에 사는 사람들은 가을에 귀가 밝다.

가을바람에 감성의 줄이 팽팽해져서 창밖에

곤충이 기어가는 소리까지도 다 잡힌다.

다람쥐가 겨우살이 준비하느라고 상수리나무를

부지런히 오르내리는 소리도 놓치지 않는다.

오관이 온통 귀가 된다.

#

자연은 우리에게 많은 것을 무상으로 끊임없이 베풀고 있다.

봄에는 꽃과 향기로 우리 눈과 숨길을 맑게 해주고

가을이면 열매로써 먹을거리를 선물한다.

우리가 자연에게 덕을 입힌 일이 무엇인가.

덕은 고사하고 허물고 더럽히고 빼앗기만 했을 뿐인데

자연은 아무 내색도 하지 않고 말없이 나누어주고 있다.

이 영원한 모성 앞에서 지금 우리가 서 있는 자리를

되돌아보고 돌이킴이 없다면 우리는 대지의 자식이 될 수 없다.

갈무리 생각

내 산방에는 소나무 세 그루가 있다. 산중자연 속에 살던 소나무들이 내 산방으로 온 것이다. 한 그루는 솔 씨앗이 바람에 날려 와서 연못 바위틈으로 뿌리를 내리고 산 소나무인데 내 산방 마당을 한자리 차지하고 있다.

오늘은 내 산방에 옮겨 심은 두 그루 소나무 이야기를 하려고 한다. 첫 번째 소나무는 한 뿌리이지만 가지가 여섯 개여서 육바라밀송(六波羅蜜松)이라고 이름을 붙였다. 육바라밀은 여섯 가지 보살행인데 한마디로 줄이면 자비행일 것이다. 자비행이란 나에게서 이웃에게 이르는 헌신, 즉 하나의 개체가 전체가 되는 헌신이라고 말할 수 있을 터이다. 20여 년 전에 뒷산에서 옮겨올 때, '이 어린 소나무는 나의 집이 무너져 사라지고 없더라도 몇백 년 이상 독야청청하리라'고 생각했는데 벌써 내 산방의 작은 마당을 거의 덮고 있다.

두 번째 소나무 이름은 한 뿌리에 두 가지가 뻗어 나와서 불이송(不二松)이라고 명명했다. 둘은 하나이기도 하고 하나는 둘이기도 하다는 뜻이다. 번뇌가 보리라는 말이 있는데 이도 불이(不二)이다. 대립과 갈등을 경계하는 말이다. 경상도 봉화군 독자분이 영남과 호남은 하나라고 하며 십수 년 전에 태백산에서 실어와 심고 간 소나무이다. 어찌 영호남만 불이일 것인가. 대립 갈등하는 존재들이 어느 순간 하나가 둘이고, 둘이 하나라는 도리를 자각하고 행한다면 상생과 조화로운 세상이 되지 않을까 싶다.

현대문명, 무엇이 문제인가?

마중물 생각

낙엽이 뿌리로 돌아가는 낙엽귀근(落葉歸根)의 계절이다. 석양빛이 투과하는 붉은 단풍잎이 더없이 투명하다. 스러져가는 가을의 혼이 절절하게 느껴지는 가을날 해질 무렵이다. 선득한 산그늘이 하루를 밀어내고 있다. 마당가 작은 연못에 한 잎 두 잎 흔적을 지우는 수련이 애처롭다. 스러져가는 유무정 존재들이 거풋거리고 있다

급한 볼일이 생겨 서울에 다녀온 일이 있다. 한나절 시간이 나서 서울생활을 할 때 자주 찾아가 위안받곤 했던 관악산을 S대학교 정문 쪽으로 올랐다. 그런데 관악산 산자락은 현대문명이라는 이름으로 여기저기 망가진 채 숲이 사라지고 있었다. 불과 10여 년 사이인데 산자락에 S대학교 신축건물들이 자연을 무시하고 깔보듯 들어서 있었다.

이른바 학문의 전당이 자연을 훼손하는 데 앞장서고 있으니 도대체 학문의 목적이 무엇인지 묻지 않을 수 없었다. 현대문명의 폐해는

자연의 훼손부터 인간을 소외시키는 데까지 광범위하게 미치고 있다
는 법정 스님의 말씀을 거듭거듭 상기하지 않을 수 없었다.

스님의 말씀과 침묵

\#

오늘날 우리들은 지식과 정보의 홍수 속에 살고 있다.
현대인으로서 그 대열에 처지지 않으려면 지식과 정보에
어둡지 않아야 함은 두말할 것도 없다.
그런데 지식과 정보의 양이 광대하면 오히려 그곳에 매몰되어
인간이 부재하게 된다는 데 문제가 있다.

\#

'문으로 들어온 곳은 보배라 생각하지 말라'는 말이 있다.
바깥소리에 팔리다 보면 내심(內心)의 소리를 들을 수 없다.
지식과 정보에 의존하다 보면 개인의 창의력을 묵히게 되어
인간 그 자체가 시들어간다.

\#

감정이 없는 컴퓨터 앞에 홀로 앉아 있다.

둘레에는 삶의 율동과 지혜, 인간미와 흙냄새 등

현실세계는 존재하지 않는다.

추상적인 지식과 정보와 가상공간이 있을 뿐이다.

차디찬 정보는 있어도 따뜻한 삶의 실존이 없다.

이것은 과학문명시대라는 우리 시대의 단적인 현상이다.

\#

우리 시대에 이르러 물질적인 풍요만을 추구한 나머지

인간의 심성과 생활환경이 말할 수 없이 황폐화된 것은

누구의 탓이 아니라 바로 우리들 자신이 저지른 재앙이다.

\#

자연에서 이탈한 인간은 그만큼 부자연스럽다.

커다란 생명체인 자연에 대한 존경심을 잃으면

자연 속에 살아 있는 모든 것들이 인간을 깔보게 된다.

우리가 어머니인 대지에 소속되려면

먼저 그 대지를 소중하게 여길 줄 알아야 한다.

우리 모두 언젠가는 돌아가 그 품에 안길 대지를

살아 있는 생명체로 받아들일 줄 알아야 한다.

우리 시대에 이르러 물질적인 풍요만을 추구한 나머지 인간의 심성과 생활환경이
말할 수 없이 황폐화된 것은 누구의 탓이 아니라 바로 우리들 자신이 저지른 재앙이다.

#

편리하고 풍요로운 세상에서 불편함과 모자람으로

살아가는 나는 오히려 다행한 복으로 받아들이고 있다.

문명으로부터 멀어질수록 자연과 더 가까울 수 있기 때문이다.

문명에는 독성이 들어 있어 점진적으로 사람을 시들게 만든다.

자연은 원초적이며 건강한 것이며 인간의 궁극적인 의지처이다.

인간의 머리와 손으로 만들어낸 문명에 너무 의존하게 되면

그 문명으로부터 배반을 당할 때가 반드시 온다.

문명은 온전하지 못한 인간의 작품이기 때문이다.

#

인간들은 먹기 위해서만이 아니라

죽이는 일을 즐기기 위해서 죽이기도 한다.

사냥이나 낚시가 바로 그것이다.

이것을 요즘 사람들은 '레저'라고 한다.

여가를 이용한 놀이와 오락이라는 것이다.

당하는 쪽에서 보면 절박한 생사의 문제인데

그것을 놀이와 오락으로 즐기고 있다니

인간이 얼마나 잔인한 존재인가.

막다른 골목으로 몰린 산토끼는

어린아이처럼 운다고 한다.

#

인간은 스스로 만들어낸 오늘의 문명에
어떻게 삶의 가치를 부여할 것인지 암담하다.
항상 크고 많고 빠른 것과 새것만을 추구하는 현대인.
만족할 줄도 감사할 줄도 모르면서 소모적이고 향락적인 우리들.
생명과 자연을 끊임없이 파괴하고 자원을 낭비하면서
단 하나뿐인 삶의 터전인 고마운 지구를 거대한 쓰레기장으로
만들어가는 오늘의 문명에 더 무엇을 기대할 수 있을까.

갈무리 생각

자신의 둘레를 배려하지 않는 염치없는 인간부재의 문명세상이 되어가고 있어 두렵고 쓸쓸하고 걱정이 앞선다. 스님의 말씀을 빌지 않더라도 자연이 병들면 인간도 병들게 된다. 이 세상에는 어떤 것도 서로 얽혀 있지 않은 것이 없으니까. 산중에 산다지만 나도 어쩔 수 없이 동시대를 살아가는 사람이기에 더불어 답답하다. 옳으니 그르니 시비의 경계를 넘나들고 있다. 산중마을의 논밭도 농약 때문에 땅이 부실해지고 있는 현실이다. 농약도 현대문명이 만들어낸 산물이 분명하다. 벌레들에게는 자기를 죽이는 독약일 것이다. 논밭의 벌레가 줄어드니 제비마저도 성미가 급해진 듯싶다.

올해는 제비가 너무 일찍 날아가버리고 없다. 철새 중에서도 제비는 삼월 삼짇날 왔다가 구월 중양절에 간다고 하는데 어느새 보이지 않았던 것이다. 달력을 보니 올해 중양절은 양력으로 10월 26일이다.

내 산방 현관문 위에 살던 제비가 자꾸만 생각나 산책길에 절골 마을의 황씨 집에 가보니 거기도 제비집이 비어 있다. 찬 서리가 내리려면 아직 멀었는데 제비들이 왜 빨리 날아가버렸는지 알 길이 없다. 내가 산방 현관문을 너무 매몰차게 닫아 그랬는가 싶기도 하고, 온난화의 영향이 아닐까도 싶어 황씨에게 물어보았지만 선문답처럼 대답하며 웃는다.

"스님허고 제비는 올 때는 알갑시라도 갈 때는 몰라불지라우."

미소를 짓게 하는 대답이다. 아래 절에 스님들도 어느 날 와서 공부하다가 때가 되면 구름처럼 물처럼 가버리고 없다. 그래서 운수납자(雲水衲子)라고 할 것이다. 그러고 보니 갈 때를 모르는 것은 스님과 제비뿐이 아니다. 천상병 시인은 〈귀천〉에서 금생의 삶을 '소풍'이라고 했다. 이 세상 소풍을 끝내고 갈 때를 아는 천상병 시인 같은 사람이 과연 몇이나 될지 궁금하다.

차 한 잔의 행복

마중물 생각

차를 마실 때는 객이 많으면 수선스럽고
수선스러우면 그윽한 정취가 없어지느니라.
홀로 마시면 싱그럽고 둘이 마시면 한적하다.
서넛이 마시면 재미있고 대여섯이 마시면 덤덤하며
일고여덟이 마시면 나눠먹이와 같더라.

_명나라 도륭

법정스님은 혼자 마시는 차맛을 '적적한 맛'이라고 말했다. 나는 '외로움의 맛'이라고 생각해본다. 산중에 사는 사람들에게는 투명한 외로움이 살아가는 힘이니까. 도회지 사람들은 외로움을 두려워하지만 산중사람들은 그 반대다. 외로우니까 홀로 차를 마시며 오롯이 깨어 있는 것이다. 도회지 사람들도 잃어버린 외로움을 되찾아야 한다.

외로워야만 이웃을 가까이하게 되니까. 그리워하면 사랑하게 되고.

🐚 스님의 말씀과 침묵

\#

공복의 새벽에 차 생각이 나서
물병 들고 우물로 물을 길러 간다.
우물 속에 달이 잠겨 있다.
달이 세수를 하는가?
고개를 들어 허공을 쳐다보니
거기 그대로 달이 떠 있는데,
우물 속에 잠긴 달이 더 영롱하다.
물병에 달과 함께 물을 긷는다.
월인천강(月印千江)이라더니
달은 우물에도 있고
물병에도 들어와 있다.

\#

차를 즐기는 것은 단순히 목이 말라서가 아니라
맑음과 고요와 그 향기를 누리기 위해서다.
차는 빛깔과 향기와 맛이 두루 갖추어져야 온전한 것이라지만 그중에서 가리라면 나는 선뜻 그 향기를 취하겠다.

차의 향기는 단연 첫째 잔이 좋다.

#

정제된 차는 좋은 물을 만나야

그 빛과 향기와 맛을 온전히 낼 수 있다.

아무리 좋은 차일지라도 물이 좋지 않으면

차 안에 비장된 그 빛과 향기와 맛이 우러나지 않는다.

차맛은 물이 좌우한다. 산중에 흐르는 시냇물을

길어다 마실 때의 차맛이 향기롭다.

#

난롯가에 앉아서 모처럼 차를 마셨다.

초겨울 들어 내 몸에 세월의 무게를 느끼면서도

하루도 거르지 않았던 차를 거의 마시지 못했다.

속이 채워지지 않은 채 뻑뻑했고

내 속뜰에 겨울 숲이 들어선 듯했다.

오늘 마신 차로 인해 그 숲에 얼마쯤 물기가 감돌았다.

차의 향기와 맛 속에 맑은 평안이 깃들어 있었다.

한동안 표정을 잃은 채 다소곳이 놓여 있던 다기에

생기가 도는 것을 보고 그동안 돌보지 못했음을 미안해했다.

차를 즐기는 것은 단순히 목이 말라서가 아니라
맑음과 고요와 그 향기를 누리기 위해서다.

차는 공복에 마셔야 그 향기와 맛을 알 수 있다.

나는 올겨울 들어 새벽으로 차를 마시고 있다.

새벽 예불을 드리고 나서 좌선을 마치자마자

다기를 내놓고 차관에 물을 끓여

여명의 창 아래서 차를 두어 모금 마시고 있으면

이 오두막의 생활에 잔잔한 즐거움이 피어오른다.

우리는 차를 잔 가득 부어 습관적으로 마시는데,

잔의 3분의 1이나 4분의 1쯤만 따라 두어 모금 음미해보아야

차의 고마움과 그 진미를 알 수 있다.

공복에 마시는 차는 우리 영혼을 맑게 한다.

#

겨울에 쓰는 다기는

손 안에 들어올 만큼 작은 것이 살뜰하다.

차갑게 느껴지는 백자 잔보다 주황색이나

갈색 계통의 다기가 한결 푸근하다.

#

이웃나라에서는 차 품평을 늦가을에 한다고 한다.

봄철에 갓 만들어낸 햇차는 그 빛과 향과 맛이 비교적 신선하다.

그러나 고온다습한 장마철을 거쳐 늦가을에 이르면

그 차의 우열이 저절로 드러난다.

철이 바뀌어도 변하지 않는 좋은 차를 대하면,

한 잎 한 잎 정성을 다해 선별해서 만든 그 사람에게

새삼 고마운 생각이 든다.

만든 사람의 인품이 차 향기에 배어 있는 것 같다.

사람의 일도 또한 이와 같을 것 같다.

어떤 상황에서도 변덕을 부리지 않고 그가 지닌 인품과 인간미를

한결같이 이웃과 나눌 수 있다면

그는 만인이 기대고 의지할 수 있는 좋은 이웃이다.

이런 친구를 가까이 둔 사람은 복 받은 사람이다.

\#

곡우에서 입하를 전후한 때가 햇차를 따는 적기다.

지리산 자락과 보성, 강진, 해남 등 남도지방에서는

이때가 좋은 차의 수확기다.

칠불사 운상선원에서 수도 정진하고 있는 스님이

한 장의 서찰과 함께 운상차 한 통을 보내왔다.

달과 함께 길어온 샘물로 햇차를 달여 첫 잔을

불전에 공양하고 다실에 돌아와 공복에 둘째 잔을 드니,

운상의 싱그러운 향기가 뼛속에까지 스며드는 것 같다.

이따금 느끼는 바이지만 향기롭고 맑은 한 잔의 차로
나는 얼마든지 행복해질 수 있다.
행복의 조건은 우리들 일상의 여기저기에 무수히 널려 있다.
그걸 열린 마음으로 받아들일 수만 있으면 된다.

\#

샘물을 길어다 차를 달인다.
다로에서 솔바람소리가 들린다.
혼자서 마시는 차를 이속(離俗)이라고 하던가.
아, 은은한 차향기를 그 누가 알까.
청적(淸寂), 차의 덕이 산중의 청한(淸閑)한
일상을 다스려주고 있다.

갈무리 생각

십수 년째 나만의 연중행사를 하고 있다. 소박한 산중생활 속에서도 봄이 올 때마다 가장 기다려지는 일 중의 하나가 '차 나들이'다. 묵은 차마저 떨어진 시기라 어디서 차를 빌려올 수도 없는 차 춘궁기이므로 곡우가 지나면 설레는 마음으로 차 덖는 집을 찾아가게 된다.

이제는 커피 같은 기호식품의 맛을 넘어 선가에서 마시듯 정진의 의미로 차가 나를 이끈다. 사람들은 내게 묻는다. 가장 맛있는 차는 무슨 차이냐고? 나는 두말 않고 '부모님에게 올리는 정성이 담긴 차'라고 대답한다. 선친이 살아 계실 때 나는 부모님과 차를 마시면서 일과를 시작했다. 그런 기억 때문에 선친 기일(忌日)에는 반드시 술을 대신해서 차를 올린다.

초의스님은 후학들을 꾸짖어 말했다.

"차 마시며 어찌 진리를 이룰 날이 멀다고 하는가!"

나는 기호식품으로 차를 마시는 사람은 차인이라 부르고, 인격완성의 방편으로 마시는 사람은 다인이라고 가려서 부른다. 고운 최치원이나 다산 정약용, 추사 김정희 같은 선지식들을 차인이라고 한다면 왠지 어색하고 이상하다. 다인라고 불러야 자연스럽다. 그대는 차인인가, 다인인가?

법정스님의 주례사

마중물 생각

법정스님은 결혼식 주례를 서달라고 부탁하면 늘 '주례 면허증'이 없는 사람이라며 거절했다. 그러나 실수로 약속한 바람에 말빚을 갚느라고 단 한 번 주례를 선 적이 있었다. 그때 원고지에 주례사를 미리 쓰신 바 있는데, 물론 식장에서는 구어체로 유머를 곁들여 말씀하셨다. 동화작가 고(故) 정채봉 선생의 아들 결혼식에 주례를 서달라고 부인이 읍소했지만 스님께서 거절하시는 것을 본 나로서는 뜻밖이었다. 사실은 비구수행자에게 결혼 주례를 부탁한다는 것은 큰 결례이니 가까운 지인이라고 하더라도 미리 헤아려 부담을 주어서는 안 된다.

스님의 첫 주례사

나는 오늘 일찍이 안 하던 짓을 하게 됐다.

20년 전에 지나가는 말로 대꾸한 말빚 때문이다.

사람은 자기가 한 말에 책임을 져야 한다.

사람만이 책임을 질 줄 안다.

오늘 짝을 이루는 두 사람도

자신들이 한 말에 책임을 져야 한다.

'믿음과 사랑으로 하나 되어 세상에 서겠다'고 했으니

(청첩장에 박힌 그들의 말이다)

그 믿음과 사랑으로 하나 되어 끝까지 책임을 져야 한다.

무릇 인간관계는 신의와 예절로써 맺어진다.

인간관계가 단절되는 것은

그 신의와 예절을 소홀히 하기 때문이다.

두 사람은 같은 공간대, 같은 시간대에서

부부로 만난 인연을 늘 고맙게 생각하라.

60억 인구이니 30억 대 1의 만남이다.

서로 대등한 인격체로 대해야지

집 안의 가구처럼 당연한 존재로 생각하지 말라.

각자 자기 식대로 살아오던 사람들끼리 한 집안에서
살아가려면 끝없는 인내가 받쳐주어야 할 것이다.
자신의 입장만 내세우지 말고 맞은편의 처지에서
생각한다면 이해와 사랑의 길이 막히지 않을 것이다.

아무리 화가 났을 때라도 말을 함부로 쏟아버리지 말라.
말은 업이 되고 씨가 되어 그와 같은 결과를 가져온다.
결코 막말을 하지 말라. 둘 사이에 금이 간다.
누가 부부싸움을 칼로 물 베기라고 했는가.
싸우고 나면 마음에 금이 간다. 명심하라.
참는 것이 곧 덕이라는 옛말을 잊지 말라.

탐구하는 노력을 기울이지 않으면,
그 누구를 물을 것 없이 신속 정확하게 속물이 되고 만다.
공통적인 지적 관심사가 없으면 대화가 단절된다.
대화가 끊어지면 맹목적인 열기도
어느덧 식고 차디찬 의무만 남는다.

삶의 동반자로서 원활한 대화의 지속을 위해,
부모님과 친지들이 지켜보는 이 자리에서 숙제를 내주겠다.

두 사람은 같은 공간대, 같은 시간대에서 부부로 만난 인연을 늘 고맙게 생각하라.
60억 인구이니 30억대 1의 만남이다.

숙제 하나.

한 달에 산문집 2권과 시집 1권을

밖에서 빌리지 않고 사서 읽는다.

산문집은 신랑 신부가 따로 한 권씩 골라서 바꿔가며 읽고

시집은 두 사람이 함께 선택해서 하루 한 차례씩

적당한 시간에 번갈아가며 낭송한다.

가슴에 녹이 슬면 삶의 리듬을 잃는다.

시를 낭송함으로써 항상 풋풋한 가슴을 지닐 수 있다.

사는 일이 곧 시가 되어야 한다.

1년이면 36권의 산문집과 시집이 집 안에 들어온다.

이와 같이 해서 쌓인 책들은 이다음 자식들에게

어머니와 아버지의 삶의 자취로, 정신으로, 유산으로 물려주라.

그 어떤 유산보다도 값질 것이다.

숙제 둘.

될 수 있는 한 집 안에서 쓰레기를 덜 만들도록 하라.

분에 넘치는 소비는 더 말할 것도 없이 악덕이다.

살아가는 데 없어서는 안 될 꼭 필요한 것 외에는

그 어떤 것도 아예 집 안에 들여놓지 말라.

광고에 속지 말고 충동구매를 극복하라.

가진 것이 많을수록 빼앗기는 것 또한 많다는 사실을 상기하라.

적게 가지고도 멋지게 살 수 있어야 한다.

갈무리 생각

법정스님께서는 처음이자 마지막 주례사를 하시고 나서 뒷날 다음과 같은 말씀을 남겼다.

"그날은 두 사람 다 숙제를 이행하겠다고 대답했지만 그 뒤 소식은 알 수 없다. 숙제의 이행 여부는 이다음 삶의 종점에서 그들의 내신 성적으로 반영될 것이다."

한 달에 시집 1권을 사서 읽으라는 숙제는 나도 전적으로 동감이다. 스님께서는 '시를 읽으면 피가 맑아진다'라고 말씀하신 적이 있다.

나는 수행의 체로 걸러진 절 안의 말들이 시라고 생각하는 사람이다. 시(詩) 자를 파자하면 말씀 언(言)과 절 사(寺)이니까. 나의 서가에도 시집들이 한자리 차지하고 있는데, 가끔 전화로 안부를 묻는 정호승 시인과 윤제림 시인의 시집이 다수이다. 다음의 시는 정호승 시인의 〈풍경 달다〉인데 두런두런 시를 읊조리고 있으면 스님의 말씀처럼 탁한 피가 정화되는 것 같다.

운주사 와불님을 뵙고/ 돌아오는 길에/ 그대 가슴 처마 끝에/ 풍경을 달고 돌아왔다

먼데서 바람 불어와/ 풍경소리 들리면/ 보고 싶은 내 마음이/ 찾아간 줄 알아라

두 시인의 시를 읽다 보면 향기로운 시심이 내게 다가온다. 그래서인지 글 쓰는 자세 같은 것을 되새기게 된다.

길을 가다가 침을 뱉듯, 가만히 있는 돌멩이를 발로 차듯, 그런 사람 되지 말고 그런 글은 쓰지 말자. 행동은 습관이 되고, 습관은 운명이 되니까. 향나무는 자신을 찍은 도끼날에 향을 묻혀준다고 하지 않은가. 글은 곧 사람이라고 했다. 글에는 그 사람의 인격이 투사돼 있다.

따뜻한 가슴에 덕이 자란다

마중물 생각

내 산방에 와서 하룻밤 머물다 가는 사람들이 많아졌다. 나는 사람들에게 자연에 대해서 일부러 많은 얘기를 해준다. 자연의 따뜻한 체온을 전해주기 위해서다. 어제 왔다가 간 교수 후배부부에게는 어미꾀꼬리가 새끼꾀꼬리에게 노래 가르치는 얘기를 해주었다. 어미꾀꼬리 노랫소리는 기교가 넘쳐 구성지다. 트로트 가수 이미자 씨가 물 흐르듯 음을 자연스럽게 굴리고 꺾는 듯하다. 그러나 새끼꾀꼬리는 어미가 가르치는 발성연습을 한두 번에 따라 하지 못하고 날마다 반복하고 있다.

처음에 나는 어미가 새끼꾀꼬리를 가르치는 소리를 잘 구분하지 못했는데, 이웃 농부가 알려주어 무릎을 쳤다. 아내는 아침에 눈을 뜰 때마다 꾀꼬리 노랫소리를 듣는 것이 산중생활 중에 가장 행복한 순간이라고 말한다. 꾀꼬리 이야기를 듣던 후배부부의 감동에 젖은 얼굴이 잊히지 않는다. 나는 《삼국유사》에 나올 법한 얘기가 아니냐며

꾀꼬리 얘기에 열을 올렸던 것이다. 사람이 무엇에 감동한다는 것은
따뜻한 가슴이 되살아난다는 말이 아닐까.

스님의 말씀과 침묵

#

따뜻한 가슴을 지녀야 청빈의 덕이 자란다.
우리가 불행한 것은 경제적인 결핍 때문이 아니다.
따뜻한 가슴이 없기 때문에 불행해지는 것이다.

#

사람은 태어날 때부터 인간이 되어 있는 것은 아니다.
하루하루 살아가면서 그가 하는 행위에 의해
인간이 될 수도 있고 비인간으로 타락할 수도 있다.
오로지 인간다운 행위에 의해서 거듭거듭 인간으로 형성되어간다.

#

인간다운 행위란 무엇일까?
우선 나누어 가질 줄 알아야 한다.
타인과 함께 나누어 가져야 '이웃'이 될 수 있다.

인간적인 관계가 이루어진다.

사람은 독립적인 존재가 아니다.

관계를 통해서 비로소 인간이 될 수 있다.

우리들의 삶이 곧 관계이기 때문이다.

우리들은 관계에 의해서 존재하고

우리들의 관계는 인간을 심화시킨다.

\#

'베푼다'는 표현은 잘못된 말이다.

원천적으로 자기 것이란 있을 수 없으므로 나누어 가지는 것이다.

우주의 선물을 나누어 가지는 것이지

결코 베푸는 것이 아님을 우리는 알아야 한다.

이 세상에 나올 때 누가 가지고 나온 사람이 있던가.

인연이 다해 이 세상을 하직할 때

자기 것이라고 해서 가지고 가는 사람을 보았는가?

\#

개인이든 집단이든 삶에는 즐거움이 따라야 한다.

즐거움이 없으면 그곳에는 삶이 정착되지 않는다.

즐거움은 밖에서 누가 갖다 주는 것이 아니라

긍정적인 인생관을 지니고 스스로 만들어가야 한다.

일상적인 사소한 일로도 고마움과 기쁨을 누릴 줄 알아야 한다.
부분적인 자기가 아니라 전체적인 자기일 때,
순간순간 생기와 탄력과 삶의 건강함이 배어 나온다.

#

육식을 좋아하는 사람들은 고기를 먹을 때
고기의 맛과 함께 그 짐승의 업까지도 먹는다는 사실을 기억해야 한다.
그 짐승의 버릇과 체질과 질병, 비정하게 다루어질 때의 억울함과 분노,
살해될 때의 고통과 원한까지도 함께 먹지 않을 수 없다는 말이다.

#

인간은 완전한 존재가 아니다.
얼마든지 실수를 할 수 있는 존재다. 얼마나 다행한 일인가.
만약 인간이 완전한 존재라면 그 오만함을 어떻게 감당할 것인가.
완벽주의를 경계해야 한다. 그것은 차디차고 비인간적인 금속성이다.
사람은 실수를 통해서 자신의 한계를 깨닫는다.
자신을 되돌아보면서 겸허해지고, 새롭게 배우고, 익힐 수 있다.

#

한 몸에서 떨어져 나온 자식에게 어머니는 생명의 뿌리이다.
어머니야말로 우리가 기대고 의지할 인간의 영원한 대지다.

어머니를 가까이에서 아침저녁 모실 수 있는 사람은
특별한 행운임을 고맙게 여겨야 한다.

\#

모든 것이 넘쳐나는 세상에서는
보지 않아도 될 것은 보지 말고, 듣지 않아도 될 것은 듣지 말고,
먹지 않아도 될 음식은 먹지 말고, 읽지 않아도 될 글은 읽지 말아야
한다.
옷이나 가구, 만나는 친구, 전화 통화 등도 또한 마찬가지다.

\#

우리가 살아가는 데 가장 중요한 것은
이웃에게 좀 더 따뜻하고 친절해지는 일이다.
따뜻함과 친절이야말로 모든 삶의 기초가 된다.
따뜻함과 친절이 없는 지식은 자칫 파괴의 수단으로
전락하여 그 자신과 이웃에 상처를 입힌다.
이웃에게 좀 더 친절하고 서로 사랑하자.
우리는 어디선가 다시 만나게 된다.

\#

우리를 지금의 우리로 만든 것은 바로 우리 마음이다.

'베푼다'는 표현은 잘못된 말이다. 원천적으로 자기 것이란 있을 수 없으므로
나누어 가지는 것이다. 우주의 선물을 나누어 가지는 것이지 결코 베푸는 것이 아님을
우리는 알아야 한다.

내 마음이 악한 일에 머물면 그것이 곧 지옥을 만들고,

내 마음이 착한 일에 머물면 그것이 곧 천국을 만든다.

누가 그렇게 만들어놓은 것이 아니라 내 스스로 만드는 것.

그렇기 때문에 '이 마음이 곧 부처'라 하고

'마음 밖에 따로 부처가 없다'라고 말한 것이다.

갈무리 생각

어떤 행위와 사고와 언어로 살 것인가?

나는 행위와 사고에는 두 가지가 있다고 본다.

발복하는 것과 복감하는 것이 그것이다.

발복(發福)은 말 그대로 복이 뭉게구름처럼 피어나는 것이고

복감(福減)은 물이 증발하듯 복이 줄어드는 것이다.

행위에는 두 가지 중 하나일 뿐 중간은 없다.

삶의 엄정한 공식이자 인과의 엄밀한 법칙이다.

자작자수(自作自受), 발복과 복감은 자기가 짓고 자기가 받는다.

이기적인 머리가 아닌 이타적인 가슴으로 살아야 한다.

발복은 따뜻한 가슴에서, 복감은 차가운 머리에서 비롯된다.

그것이 바로 스님께서 말씀하시는 덕일 것이다.

행복은 실천이고 의무이다

마중물 생각

아침에 피어난 흰 수련(睡蓮) 꽃이 오후에 일찍 꽃봉오리를 아문다. 잠꾸러기 꽃이 분명하다. 그래서 꽃 이름에 잠잘 수(睡) 자가 들어간 듯하다. 수련 꽃은 가랑비 내리는 날 가까이 가면 향기가 더 난다. 목욕을 막 시킨 아기에게 바른 하얀 분 냄새와 흡사하다. 수련뿌리를 택배로 보내준 충청도 청양의 비구니스님에게 전화로 알렸더니 "난 몰라요. 애기를 키워보지 않았으니까!" 하고 난해한 질문인지 퉁명스럽게 말한다.

붉은 수련 꽃 한 송이가 수줍은 듯 고개를 내밀고 있다. 아마도 흰 수련뿌리에 한 점 묻어 온 녀석 같다. 흰 수련 꽃 연못의 홍일점으로 아름다운 파격이다. 느슨해진 내 삶에 긴장을 주는 고마운 반란이다. 흰 수련과 붉은 수련이 내게 은근한 행복을 준다. 수련 꽃은 감정이 복잡한 나를 본래의 단순한 나로 무장해제시켜준다.

스님의 말씀과 침묵

\#

행복의 비결은 필요한 것을 얼마나 갖고 있는가가 아니라

불필요한 것에서 얼마나 자유로워져 있는가 하는 것이다.

안으로 충만해지는 일은

밖으로 부자가 되는 일 못지않게 인생의 중요한 몫이다.

인간은 안으로 충만할 수 있어야 한다.

아무 잡념 없이 기도할 때 자연히 마음이 넉넉해지는 것을 느낀다.

그때는 삶의 고민 같은 것이 끼어들지 않는다.

내 마음이 넉넉하고 충만하기 때문이다.

\#

우리는 무엇을 가지고도 만족할 줄 모른다.

이것이 현대인들의 공통된 병이다. 그래서 늘 목이 마른 상태이다.

겉으로는 번쩍거리고 잘 사는 것 같아도

정신적으로는 초라하고 궁핍하다.

크고 많은 것만을 원하기 때문에

작은 것과 적은 것에서 오는 아름다움과 살뜰함과

사랑스러움과 고마움을 잃어버리고 산다.

행복의 조건은 무엇인가.

아름다움과 살뜰함과 사랑스러움과 고마움에 있다.

#

소유에 눈을 팔면 마음의 문이 열리지 않는다.
하나가 필요하면 하나로써 족할 뿐 둘을 가지려고 하지 말라.
둘을 갖게 되면 그 하나마저 잃게 될 것이다.
자기 자신으로부터 불필요한 것을 덜어내는 일이
곧 행복의 비결이라고 나는 생각한다.

우리가 행복하고 보다 뜻있는 삶을 살기 위해서는
무엇이 필요하고 무엇이 불필요한 것인지
그때그때 자신의 분수와 처지에서 냉정하게 생각해야 한다.
불필요한 것들에서 벗어나 소유를 최소로 하는 것이
정신생활을 보다 자유롭고 풍요롭게 하는 요체다.
자신의 분수를 망각한 채 소유에 마음을 빼앗기면
눈이 흐려져 인간적인 마음이 움트기 어렵다.

#

우리가 추구하는 행복이란 어디에 있는가.
향기로운 한 잔의 차를 통해서도 누릴 수 있고,
난롯가에서 읽는 책에도 그 행복은 깃들여 있다.

행복의 비결은 필요한 것을 얼마나 갖고 있는가가 아니라
불필요한 것에서 얼마나 자유로워져 있는가 하는 것이다.

눈 속에 피어 있는 한 가지 매화나 동백꽃에도

행복은 스미어 있다. 개울물 소리처럼 지극히 단순하고

소박한 마음을 지닐 수 있다면, 우리가 누리고자 하는

그 맑고 향기로운 삶은 어디에나 있다.

사람들은 저마다 그 그릇에 알맞은 행복을 누릴 수 있다.

\#

행복한 가정은 가족들 서로가 닮아 있지만,

불행한 가정은 그 구성원들 각자가 따로따로다.

흔히들 말하기를 집은 있어도 집안은 없다고 한다.

가정의 본질은 아버지와 어머니, 그리고 아이들 사이에

이해와 사랑으로 엮인 영원한 공동체다.

이 공동체 의식이 소멸되면 썰렁한 집만 있게 마련이다.

그것은 마치 혼이 나가버린 육신과 같다.

\#

사람에게 가장 사람다운 일이란 이웃을 사랑하는 일이다.

이보다 더 귀한 일이 어디 있겠는가.

사람이 사람답게 사느냐 아니냐는

그가 진실하게 사랑하고 있느냐의 여부에 달려 있을 것이다.

건성으로 사랑하는 체하거나

또, 까닭 없이 미워하고 있다면 그는 불행하다.

미워하는 일은 잘못 사는 일이고 불행한 일이다.

갈무리 생각

법정스님께서 아내의 도자기를 보고 응원해주신 적이 있다. 스님의 유물 중에 아내의 다기세트도 있을 것이다. 스님께서 농담으로 "무량광보살, 왜 내게 다기를 진상하지 않느냐"고 말씀하시어 선물한 다기세트였다. 무량광은 법정스님께서 아내에게 내린 법명이다. 아내는 지금이라면 더 좋은 작품을 드렸을 것이라며 부끄럽다고 말한다.

지난 초파일 전날에 아내는 스님의 유골을 봉안한 불일암 후박나무 앞에 놓이게 될 화병을 상좌인 덕조스님 편에 보냈다. 그러고 나서 마음에 든 화병이었다며 몹시 만족해했다.

어느 지면에서도 말했지만 세상의 모든 생명은 한 뿌리다. 나와 이웃은 한 뿌리의 이파리들이다. 한 이파리가 불행하면 다른 이파리도 불행하게 된다. 이것이 내가 행복해야 할 이유이다. 내 삶이 행복해야 더불어 이웃의 삶도 행복해진다. 그러므로 행복은 추구가 아니라 실천이고 의무이다.

침묵이 필요하다

마중물 생각

자신의 내부를 들여다보며 말하는 사람이 있고
남들의 외부를 들여다보며 말하는 사람이 있다.
나는 어느 지점을 바라보며 말하는 사람인가?
말하기보다 침묵을 더 좋아하는 것은 아닌가?

마하트마 간디는 매주 월요일을 침묵의 날로 지냈다. 일주일이 시작하는 월요일을 왜 '말하지 않는 날'로 정했을까. 말보다 값진 침묵의 의미를 깨달았기 때문일 것이다.

마하트마 간디는 이렇게 말했다.

"진리의 숭배자에게는 침묵이 정신 훈련의 한 부분이다."

"내 생의 순간마다 나는 침묵이 최대의 웅변임을 인식한다. 부득이 말해야 한다면, 가능한 한 적게 하라. 한 마디로 충분할 때는 두 마디를 피하라."

법정스님께서는 침묵의 체로 거르지 않은 말은 소음이라고 했다. 함부로 쏟아놓는 말은 배설에 가깝다고 해야 할 것이다.

스님의 말씀과 침묵

\#

사람끼리 가까워지고 멀어지는 것도
사실은 눈길을 통해서 이루어진다.
말은 설명하고 해설하고 또 주석을 달아야 하는
번거로움과 시끄러움이 따르지만
눈은 그럴 필요가 없다.
마주보면 이내 알아차릴 수 있고
마음속까지 훤히 들여다볼 수 있다.
가까운 사이는 소리 내는 말보다도
오히려 침묵의 눈으로 뜻을 전하고 받아들인다.

\#

입에 말이 적으면 어리석음이 지혜로 바뀐다.
입은 재앙의 문이기도 하므로 엄하게 지켜야 한다.

승찬대사의 《신심명》에 이런 구절이 있다.

"말이 많고 생각이 많으면 진리에서 점점 멀어진다.

말과 생각이 끊어지면 어느 곳엔들 통하지 않으랴."

가톨릭 사제인 토마스 머튼은 그의 《관상(觀想)기도》에서

다음과 같이 말하고 있다.

"침묵으로 성인들이 성장했고, 침묵에 의해 하느님의 능력이

그들 안에 머물렀으며, 침묵으로 말미암아 하느님의 신비가

그들에게 알려졌다."

"많은 사람들이 열렬히 찾고 있지만 침묵 속에 머무는

사람만이 발견한다."

"많은 말을 즐기는 자는 누구를 막론하고, 그가 비록 경탄할 만한

것을 말한다 할지라도 내부는 텅 비어 있다.

무엇보다도 침묵을 사랑하라. 침묵은 말로 표현할 수 없는 열매를

너희에게 가져다 줄 것이다."

\#

아름다운 자연의 소리를 즐기려면

아무 생각 없이 빈 마음으로 조용히 있기만 하면 된다.

어떤 선입관에 사로잡힘 없이 마음이 자유로워야 한다.

그렇지 않고서는 장엄한 우주의 신비를,

우리들이 발붙여 살고 있는

지구의 아름다움을 보고 느낄 수가 없다.

\#

자연은 말없이 우리에게 많은 깨우침을 준다.

자연 앞에서는 우리가 아는 얄팍한 지식을 접어두어야 한다.

입을 다물어야 침묵 속에서 '우주의 언어'를 들을 수 있다.

침묵 속에서 창조의 비밀과 사랑의 신비를 캐낼 수 있다.

하나의 씨앗이 대지에 묻혀 움이 트고 잎이 피고

열매를 맺을 때까지의 인내와 침묵이 절대로 필요하다.

자연은 원초적인 침묵이기 때문이다.

자연의 실체를 인식하려면 침묵이 전제되어야 한다.

태초에 말씀이 있기 전에 침묵이 있었음을 상상해야 한다.

침묵이야말로 자연의 말이고 우주의 언어다.

뛰어난 사상과 위대한 종교는 가지에서 또 가지를 치는

시끄러운 언어가 아니라, 자연의 침묵에서 싹텄다는 사실도

우리는 상상할 수 있어야 한다.

사막의 교부나 불교의 선사가 우주의 언어인 침묵 속에서

성장하면서 거듭나게 됐다는 사실은,

말을 참지 못하는 현대의 우리에게 많은 교훈을 주고 있다.

자연 앞에서 인간은 침묵의 의미를 배워야 한다.

그리하여 인간도 자연의 일부임을 알아야 한다.

#

이제는 침묵에 귀를 기울일 때다.

소리에 찌든 우리의 의식을, 소리의 뒤안길을 거닐게 함으로써

오염에서 헤어나게 해야 한다.

수목들의 빈 가지처럼, 허공에 귀를 열어

'소리 없는 소리'를 듣도록 해야 한다.

겨울의 빈 들녘처럼 우리들 의식을 텅 비울 필요가 있다.

#

침묵은 인간이 자기 자신이 되는 길이다.

우리가 무엇이 되기 위해서는

땅 속에서 삭는 씨앗의 침묵을 배워야 한다.

겨울은 밖으로 헛눈 팔지 않고

안으로 귀 기울이면서 여무는 계절이 되어야 한다.

육신의 나이가 하나씩 더 보태질 때

정신의 나이도 하나씩 보태질 수 있도록.

#

인간의 혼을 울릴 수 있는 말이라면

무거운 침묵이 배경이 되어야 한다.

침묵은 모든 삼라만상의 기본적인 존재 양식이다.

나무든 짐승이든 침묵이든 사람이든

그 배경에는 침묵이 있다.

침묵을 바탕으로 해서

움이 트고 잎이 피고 꽃과 열매가 맺는다.

\#

우리 안에 있는 것을 늘 밖에서만 찾으려고 한다.

침묵은 밖에만 있는 것이 아니다.

어떤 특정한 시간이나 공간에 고여 있는 것이 아니다.

그것은 늘 내 안에 잠재되어 있다.

따라서 밖으로 쳐다보려고만 해서는 안 된다.

안으로 들여다보는 데서 침묵을 캐낼 수 있다.

침묵은 자기 정화의, 또는 자기 질서의 지름길이다.

온갖 소음으로부터 우리 영혼을 지키려면

침묵의 의미를 몸에 익혀야 한다.

\#

잡다한 정보와 지식의 소음에서 해방되려면

우선 침묵의 의미를 알아야 한다.

침묵을 모르면 복잡한 얽힘에서 벗어날 길이 없다.

내 자신이 침묵의 세계에 들어가봐야 한다.

일상적으로 불필요한 말을 얼마나 많이 하는가.
의미 없는 말을 하루 동안 수없이 남발하고 있다.
친구를 만나서 얘기할 때 유익한 말보다는
하지 않아도 될 말들을 얼마나 많이 하는가.
말은 가능한 한 적게 해야 한다.
많은 사람들이 무엇인가 열심히 찾고 있지만
침묵 속에 머무는 사람들만이 그것을 발견한다.
말을 많이 하는 사람은 누구를 막론하고
그가 어떤 일을 하는 사람이건 그 내부는 비어 있다.

\#

오늘날 인간의 말이 소음으로 전락해버린 것은
침묵을 배경으로 거르지 않기 때문이다.
말이 소음과 같이 다뤄지고 있는 것이다.
우리들은 말을 안 해서 후회되는 일보다
말을 많이 해버렸기 때문에 후회되는 일이 많다.

침묵은 자기 정화의, 또는 자기 질서의 지름길이다.
온갖 소음으로부터 우리 영혼을 지키려면 침묵의 의미를 몸에 익혀야 한다.

갈무리 생각

묵언을 쉽게 표현하자면 침묵수행일 것이다. 침묵수행은 불가의 전유물이 아니라고 생각한다. 오래전 서울의 어느 일간지에서 암자 기행을 연재할 때의 일이다. 문경에 있는 김용사 금선대에 오르자 암자 기둥에 '묵언'이라고 쓰인 패(牌)가 걸려 있었다. 금선대 스님은 끝내 보이지 않았다. 나와 아내를 피해버린 것이 분명했다.

할 수 없이 우리는 샘으로 갔다. 마침 점심때라서 허기져 샘물이나 한 바가지 마시려고 했던 것이다. 샘가에는 스님의 빨래가 널브러져 있었고, 찬물이 담긴 플라스틱 통에는 1인분의 깍두기 반찬그릇이 동동 떠 있었다. 반찬그릇은 우리에게 '점심공양 사절'이니 어서 하산하라고 말하는 듯했다.

아내는 샘가에 놓인 스님의 빨래를 했다. 잠시 후 우리는 약속이나 한 듯 묵언을 하며 하산했다. 하산하는데 오솔길에 떨어진 누런 솔잎이 비로소 정겹게 보였다. 길은 멀리 있는 것이 아니라 눈앞에 있었다. 허공을 가득 메운 잠자리 떼의 날갯짓이 은빛 바다 같았다. 침묵이 선사하는 금선대의 선물이었다.

소유할 것인가, 존재할 것인가

마중물 생각

일찍이 독일의 철학자 에리히 프롬은 《소유냐 존재냐》라는 책을 낸 적이 있다. 대학 시절에 문고판으로 읽은 기억이 난다. 그가 역설한 핵심을 나는 이와 같이 이해하고 있다.

소유 지향적인 삶은 관형격이다.
무엇의 나다.
존재 지향적인 삶은 주격이다.
무엇이 나다.

부처님도 어디에 종속되지 말고 자유를 향유하면서 자주적으로 살라는 가르침을 남겼다. 부처님에게도 의존하지 말라고 했다. 오직 자신과 진리에만 의지하라고 했다. 게으르지 말라고도 유언으로 남겼다. 그저 여여하고 순일하게 정진하면서 주인공으로 살라고 당부했다. 선사들도 그 어떤 욕망, 부(富), 심지어 대의명분이라도 노예가 되면 안 된다는 가르침을 전했다. 좋은 말들의 성찬, 이데올로기에 속지 말고 순간순간 깨어 있는 것이 나를 지키는 일이 아닐까 싶다. 이데올로기가 약이 아닌 독으로 쓰일 때 맹독인 까닭은 이성과 양심까지도 마비시키기 때문일 것이다.

스님의 말씀과 침묵

\#

우리는 '내 것'이라고 집착한 것 때문에 걱정하고 근심한다.

빼앗길까 봐 어디로 새어 나갈까 봐 마음이 편치 않다.

그러나 원천적으로 개인이 소유하고 있는 것은 영원할 수 없다.

다만 한때 맡아서 지니고 있을 뿐이다.

자기 자신도 영원한 존재가 아닌데

자신이 지닌 것들이 어떻게 영원할 수 있을 것인가.

\#

사람이 살아가는데 얼마만한 재물이 필요할까?

개인이 쓰는 데는 한도가 있다.

그 밖의 것은 개인의 소유가 아닌

인류가 함께 나누고 누려야 할 세상의 공유물이다.

사람은 무엇이 필요하고 불필요한 것인지,

그것을 가려볼 줄 알아야 한다.

이는 어디에 삶의 가치를 두고

살아야 할 것인가를 뒷받침해주고 있다.

#

남보다 적게 가지고 있으면서도

그 단순과 간소함 속에서 삶의 기쁨과 순수성을 잃지 않고,

자기 자신다운 삶을 조촐하게 살아가는

사람이야말로 살 줄 아는 사람이다.

소유물은 우리가 그것을 소유하는 것 이상으로

우리 자신을 소유하고 만다.

돈이나 물건에 집착하면

그 돈과 물건이 인간 존재보다 훨씬 중요한 것이 되어버린다.

그러므로 필요에 따라 살아야지 욕망에 따라 살지는 말아야 한다.

#

우리는 무엇인가 얻는 것이 있으면,

그 반대로 반드시 무엇인가 잃는 것도 있다.

모두 두루 갖추고 편리하게만 지내려고 한다면,

사람은 그 틈새에 끼여 자주적인 활력을 잃게 된다.

인간의 자존과 창의력을 지키기 위해

얼마쯤의 불편은 감내할 수 있어야 한다.

\#

인생의 황혼기는 묵은 가지에서 새롭게 피어나는 꽃이어야 한다.

몸은 조금씩 이지러져가지만 마음은 샘물처럼 차올라야 한다.

자신에게 주어진 한정된 시간을 무가치한 일에

결코 낭비하지 말아야 한다.

나이가 어리거나 많거나 간에 항상 배우고 익히면서 탐구하는 노력을

기울이지 않으면 누구나 삶에 녹이 슨다.

깨어 있고자 하는 사람은 삶의 종착점에 이를 때까지

자신을 묵혀두지 않고 거듭거듭 일깨워야 한다.

이런 사람은 이다음 생의 문전에 섰을 때도 당당할 것이다.

이제 나이도 들 만큼 들었으니 그만 쉬라는 이웃의 권고를 듣고

디오게네스는 이와 같이 말한다.

"내가 경기장에서 달리기를 하고 있을 때, 결승점이

가까워졌다고 해서 그만 멈추어야 하겠는가?"

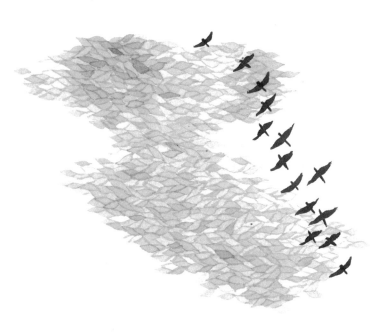

나이가 어리거나 많거나 간에 항상 배우고 익히면서 탐구하는 노력을 기울이지 않으면
누구나 삶에 녹이 슨다. 깨어 있고자 하는 사람은 삶의 종착점에 이를 때까지
자신을 묵혀두지 않고 거듭거듭 일깨워야 한다.

#

사람은 저마다 이 세상에서 단 하나밖에 없는 독창적인 존재다.

사람마다의 조건이 다르고, 삶의 양식이 다르며, 그릇이 다르다.

자신의 빛깔을 지니고 진정으로 자기 자신답게 살아가려는 사람은

무엇보다도 먼저 자신의 삶을 남과 비교하지 말아야 한다.

현재의 자기와 이웃의 처지를 비교하는 것은 무의미한 짓이다.

비교는 마침내 자기 몫의 삶마저 스스로 물리쳐버리는 거나

마찬가지의 불행을 가져온다.

각기 삶의 조건과 양식이 다른데 어째서 남과 비교하려고 하는가.

비교는 좌절감을 가져오고 시기심을 불러일으킨다.

부질없는 비교는 배움을 저해하고 두려움만을 키운다.

#

삶 그 자체가 되면 불행과 행복의 분별이 사라진다.

삶 자체가 되어 살아가는 일,

그것이 불행과 행복을 피하는 길이다.

번뇌 밖에 따로 깨달음이 있는 것이 아니다.

이 세상 밖 어딘가에 천국이 있다고 우리는 흔히 말하고 있지만

바로 이 현실세계에서 천국을 이룰 수 있지

현실을 떠나서는 어떤 것도 존재하지 않는다.

때가 되면 우리는 누구나 자신의 일몰 앞에 서게 된다.

그 전에 맺힌 것을 풀어서 안팎으로 걸림없이 자유로워야 한다.

그 짐을 다음 생으로 가지고 가지 말아야 한다.

우리가 하루하루 살아간다는 것은

날마다 새로운 날을 맞이하는 것이다.

오늘은 어제의 연장이 아니라 새로운 날이다.

무릇 묵은 시간에 갇힌 채 새로운 시간을 등지지 말아야 한다.

#

커다란 침묵과 하나가 될 때 내가 사라진다.

무아의 경지에 든다.

어딘가에 순수하게 집중하고 몰입할 때

나라는 존재가 사라진다.

내가 없는 그 무한한 공간 속에

강물처럼 끝없이 흐르는 에너지가 있다.

말없이 가만히 앉아 있다고 해서 혼돈 상태가 아니다.

정신은 또렷하고 아무 번뇌 망상 없는 그 침묵 속에

강물처럼 흐르는 에너지가 있다.

갈무리 생각

기쁠 때는 기쁨에 매달리지 말라.
슬플 때는 슬픔을 회피하지 말라.
무심코 기쁨이 되고 슬픔이 되라.
기쁨도 슬픔도 삶의 한 부분이니.

가을장마가 져 아궁이에 불을 지피는 중이다. 더불어 뜬금없지만
삶의 방식을 생각해보고 있다. 미련하게 한곳에 붙박이로 사는 농사
꾼 스타일이 있고, 먹이(풀)를 찾아서 끝없이 옮겨 다니는 유목민 스
타일이 있는 것 같다. 물론 두 스타일이 혼재된 경우도 있겠고. 경쟁
을 좋아하지 않고 민첩하지 못한 나 같은 사람은 비록 천수답일지언
정 농사꾼 스타일로 사는 게 성정에 맞는 것 같다. 심신을 쉬게 한 채
따듯한 아랫목에 누워 있는 것만으로도 행복하다. 점심을 먹은 뒤 방
금도 아랫목에 누워 토막잠을 잤다. 머리와 눈과 가슴을 쉬게 했다.
이를 컴퓨터 용어로는 리셋이라고 하는 모양이다.

자비와 사랑은 그 무게가 같다

마중물 생각

손님들이 내 산방을 찾아와 내 모습을 보고 낭만적이라고 말한다. 또는 무엇 때문에 은둔해서 사느냐고 묻는다. 그러나 나는 낭만적이라는 것과 은둔이라는 말에 동의하지 않는다. 나는 내 여생을 좀 더 자주적으로 치열하게 살고자 산중에 들어왔고, 고요한 곳에서 내 공부를 하고자 원을 세웠기 때문이다. 산중에 산다고 해서 도회지 세상과 절연하고 사는 것은 아니다. 세상의 슬픈 소식을 전해 들으면 산중에 사는 나도 모르게 눈물이 난다.

중생이 앓으니 나도 앓는다는 유마거사의 자애로운 말을 마음의 귀로 듣는다. 나와 세상의 유무정물들은 한 뿌리라는 사실을 절감하면서 살고 있다. 언젠가 유마거사가 살았던 인도 바이샬리를 다녀온 적이 있다. 한문경전에 비야리성(毘耶離城)이라는 곳이다. 그곳에서 유마거사의 마음이 무엇이었는지를 헤아리며 잠깐 명상을 했다. '이웃이 아프니 나도 아프다'라는 자비야말로 종교의 본질이 아닐까 싶었다.

스님의 말씀과 침묵

#

자비심이란 같이 기뻐하고 같이 슬퍼하는 마음이다.

기쁨과 슬픔을 함께 나눌 때 우리는 이웃이 되고 친구가 된다.

인간의 자비가 같은 인간에게만 국한된다면

그렇게 고귀할 것도 대단한 것도 못 된다.

그 자비가 미물 곤충이나 말 못하는 짐승들에게까지도

두루 베풀어질 때 인간의 자리는 더욱 의젓하고 빼어날 것이다.

#

우리가 인간이라고 내세울 것이 있다면 믿고 의지해 살아가면서

서로를 사랑과 존엄성을 지니고 대할 수 있기 때문이다.

사랑과 존엄성과 다른 사람을 생각하는 마음이 없다면,

그는 거죽만 사람 형상을 하고 있을 뿐 진정한 인간은 아니다.

#

인간의 몸은 신이 거주하는 사원과 같은 것.

사원은 누구나 마음만 먹으면 파괴할 수 있다.

그러나 인간의 가슴은 파괴될 수 없다.

그 중심에 신이, 불성이 깃들여 있기 때문이다.

내 안에서 무엇이 숨을 쉬고 있을까.

무엇이 보고 들을 줄 알고 꿈을 꾸는가.

무엇이 들어 있어 아름다운 선율에 귀를 기울이고,

꽃향기를 식별할 줄 알며 그리운 사람을 그리워하는가.

살아 있는 목숨을 죽이지 말자. 그리고 죽게 하지도 말자.

남의 목숨을 끊는 것은 결과적으로 자신의 목숨을 끊는 일이다.

인간사는 스스로 지어서 받는 인과관계로 엮어진다.

\#

신앙생활을 하는 사람은 출가, 재가를 물을 것 없이

무엇보다도 자비를 배우고 익혀야 한다.

관념적이고 추상적인 회색의 이론에서 벗어나

순간순간 구체적인 삶을 이루어야 한다.

구체적인 삶이란 더 말할 것도 없이 이웃과 나누는 일이다.

이 나눔은 수직적인 베풂이 아니라 수평적인 주고받음이다.

\#

흔히들 깨달은 다음에 자비를 행하는 것으로 잘못 아는데,

자비의 충만이 곧 깨달음에 이르는 길임을 알아야 한다.

자비심이 곧 부처의 마음이기 때문에

부처를 이루고자 한다면 자비심이 선행되어야 한다.

#

사람답게 살기 위해서는 나눠 가질 줄 알아야 한다.

이웃은 나와 무관한, 전혀 인연이 없는 타인이 아니다.

그들은 내 분신이다. 또 하나의 몸이다.

생명의 커다란 한 뿌리에서 나누어진 가지가 바로 이웃,

내 자신은 그 한 가지이며 이웃이란 또 다른 가지이다.

나눠 가짐으로써 내 인간의 영역이 그만큼 확산되는 것이다.

#

사랑을 어렵게 생각하지 말라.

지극히 일상적이고 사소한 마음씀이다.

이웃에게 너그러워지는 일이다.

낯선 이웃에게 너그럽게 대하는 것,

그것이 사랑이다.

따뜻한 미소를 보내는 것,

이것도 사랑이다.

부드럽고 정다운 말씨를 쓰는 것,

이것도 사랑이다.

우리의 마음만 열리면 늘 그럴 수 있다.

마음이 겹겹으로 닫혀 있기 때문에

그런 씨앗을 내 자신이 지니고 있으면서도

그걸 펼쳐 보이지 못하는 것이다.

너는 너, 나는 나, 그렇게 단절되어 있다.

일상적인 실천이 사랑이며 친절이다.

사람 도리를 다하는 것이 친절이고 사랑이다.

사랑이 없는 지식은 자칫 파괴 수단이 된다.

그 자신까지도 파괴시키고 만다.

\#

아름다움이 무엇인지 이해하는 가운데서

우리는 사랑을 알게 된다.

아름다움에 대한 이해는

곧 우리 가슴에 평화를 이룬다.

우리가 살아가는 데 가장 중요한 것은

좀 더 친절해지는 것이다.

내일은 오늘보다 더 친절해야 한다.

그다음 날에도 더 친절해져야 한다.

친절에는 한도가 있는 것이 아니므로.

사랑이야말로 모든 삶의 기초이다.

우리가 더 친절하고 사랑한다면

우주가 더 새롭게 열리고 확장된다.

사람답게 살기 위해서는 나눠 가질 줄 알아야 한다. 이웃은 나와 무관한, 전혀 인연이 없는 타인이 아니다. 그들은 내 분신이다. 또 하나의 몸이다.

사랑이 우리 가슴속에서 싹트는 순간,

우리는 다시 태어난다.

이것이 진정한 탄생이고 부활이다.

사랑이 우리 가슴속에서 태어나는 순간,

겹겹으로 닫혔던 우리 마음이 활짝 열리는 순간

우리는 다시 태어난다.

여기에 사랑과 거듭남의 의미가 있다.

갈무리 생각

고행 끝에 위없는 깨달음을 이룬 조사, 선승, 고승 들의 공통분모는
나와 우주가 한 몸이라는 것이다. 한시도 잊은 적이 없는 말이지만 부처
님은 '자비심이 여래'라고 했다. 여기다 더 무슨 군말을 더 붙일 것인가.

며칠 전에 지리산 산청 암자에서 한 여성분이 왔다. 그분은 성철스
님의 생가를 가지 못한다고 고백했다. 생가에 서 있는 성철스님 동상
을 보면 마음이 아프다는 것이었다. 서 있는 성철스님의 다리가 얼마
나 아플까 하는 생각이 들어서 그렇다는 말씀이었다. 순간 내 마음에
는 환희심이 차올랐다. 티 없는 마음의 천진불(天眞佛)이 떠올랐다!
자잘한 잡사로 얼룩진 내 마음에 맑은 개울물이 한 줄기 흘렀다.

무소유를 무소유하라

마중물 생각

내 산방을 찾는 손님들은 내가 법정스님의 제자인 줄 알고 가끔 "무소유가 무엇입니까?" 하고 묻는다. 그러면 나는 손님이 초보불자인 경우 "군더더기를 갖지 말고 살라는 뜻입니다. 말하자면 두 개를 갖지 말고 하나만 갖고 살아도 불편하지 않다는 것입니다" 하고 대답한다. 반면에 불교공부가 좀 깊은 것 같으면 스님께서 내게 하신 말씀으로 대신한다.

"나도 없는데 하물며 내 것이 어디 있겠는가. 나도 공하고 내 것도 공하다는 도리를 알아야지. 그것을 말하기 위해 무소유란 말을 만들어낸 것뿐이다."

이른바 눈에 보이는 현상의 이면인 공(空)의 본질을 가지고 이야기해주는 것이다. 아무튼 이 두 마디 말씀 속에 스님의 무소유 법문이 다 들어 있지 않을까 싶다.

스님의 말씀과 침묵

#

행복의 척도는 필요한 것을

얼마나 많이 갖고 있는가에 있지 않다.

불필요한 것을 얼마나 벗어나 있는가에 있다.

홀가분한 마음, 여기에 행복의 척도가 있다.

남보다 적게 가지고 있으면서도 그 단순과 간소함 속에서

삶의 기쁨과 순수성을 잃지 않는 사람이야말로

삶을 살 줄 아는 사람이다.

#

맑은 가난이나 청빈이라는 말은

이제 거의 들어볼 수 없다.

맑은 가난은 인간의 고귀한 덕이다.

과잉 소비와 포식 사회가 인간을 병들게 한다.

우리는 얼마나 소비를 많이 하는가.

사실 소비자라는 말은 인간을 모독하는 말이다.

소비자라는 말은 쓰레기를 만드는 존재라는 뜻이다.

그것은 인간성을 모독하는 말이다.

#

무소유란 아무것도 갖지 않는다는 말이 아니다.

궁색한 빈털터리가 되는 것이 무소유는 아니다.

무소유란 아무것도 갖지 않는 것이 아니라

불필요한 것을 갖지 않는다는 뜻이다.

우리는 무소유의 진정한 의미를 이해할 때

보다 홀가분한 삶을 이룰 수가 있다.

선택한 맑은 가난은 넘치는 부유보다 값지고 고귀하다.

소극적인 생활태도가 아니라 지혜로운 삶의 선택이다.

#

내가 간소하게 살아가는 데 도움을 주는 이들은 좋은 친구이다.

그렇지만 자꾸만 뭔가 갖다 주는 사람은 달갑지 않은 친구이다.

내가 아무것도 갖지 않았을 때 온 세상을 차지할 수 있다.

무언가를 가졌다고 할 때 크건 작건 그것의 노예가 된 것이다.

그것으로부터 소유를 당하는 것이다. 그러므로 부자유해진다.

#

사람은 삶을 제대로 살 줄 알아야 한다.

소유에 집착하면 그 집착이 우리들의 자유를,

우리들의 자유로운 날개를 쇠사슬로 묶어버린다.

그것은 또한 자기실현을 방해한다.

무엇을 갖고 싶다는 것은 비이성적인 열정이다.

비이성적인 열정에 들뜰 때 벌써 정신적으로 병든 것.

우리들의 목표는 풍부하게 소유하는 것이 아니라

풍성하게 존재하는 데 있다.

삶의 부피보다는 질을 문제 삼아야 한다.

사람은 무엇보다 삶을 살 줄 알 때 사람일 수가 있다.

채우려고만 하지 말고 텅 비울 수 있어야 한다.

텅 빈 곳에서 영혼의 메아리가 울려 나온다.

#

지금도 나는 가진 것이 너무 많다.

오두막 살림에서 보면

다기도 한두 벌이면 될 텐데 서너 벌 있고,

책도 한두 권이면 족한데 오십여 권이 넘는다.

생활 도구도 이것저것 가진 게 많다.

그래서 나 스스로 무소유를 주장하나 보다.

#

잘 쓰기 위해 많이 맡아 갖고 있는 것은 좋은 일,

선하게 쓸 수 있으면 좋다.

그러나 잘 쓰지도 않고 묵혀두는 것은 죄악이다.

남이 가질 몫까지 가지고 있기 때문이다.

될 수 있으면 가진 것이 적어야 마음이 홀가분하다.

내가 무소유하기 노력하는 것도 그 때문이다.

현재도 나는 가진 것이 너무 많다.

#

필요에 따라 살되 욕망에 따라 살지는 말아야 한다.

욕망과 필요의 차이를 알아야 한다.

욕망은 분수 밖의 바람이고 필요는 생활의 기본 조건이다.

하나가 필요할 때는 하나만 가져야지

둘을 갖게 되면 당초의 그 하나마저도 잃게 된다.

#

물건은 우리를 행복하게 해주지 못한다.

소유물은 오히려 우리를 소유해버린다.

필요에 따라 살되 욕망에 따라 살면 안 된다.

욕망과 필요의 차이를 분명히 알고

사람은 만족할 줄 알아야 한다.

무소유란 아무것도 갖지 않는다는 말이 아니다. 궁색한 빈털터리가 되는 것이 무소유는 아니다.
무소유란 아무것도 갖지 않는 것이 아니라 불필요한 것을 갖지 않는다는 뜻이다.

\#

크고 많은 것, 그것은 허한 것이다.

소유를 꼭 없어서는 안 될 것으로 제한하고

자제하는 것이 우리 정신을 풍요롭게 한다.

적게 가져야 더 많이 얻는다.

\#

우리가 살아가기 위해 어떤 물건을 소유하는 것은

당연한 일이다.

이와 같은 '생존적 소유'는

어떤 갈등도 일으키지 않는다.

그러나 분수 밖의 지나친 소비나 불필요한 소유는

사람을 멍들게 한다.

우리들의 삶 자체가 허약하면 할수록

우리는 더 많은 것을 차지하려고 한다.

따라서 우리들의 삶은 그만큼 소외되고 겉돌게 된다.

돈이나 물건은 절대로 혼자서 찾아오는 법이 없다.

반드시 탐욕이라는 친구가 함께 따라온다.

탐욕은 모든 악의 뿌리다.

\#

우리가 무엇인가를 갖는다는 것은

소유를 당하는 것이며 그만큼 부자유해지는 것이다.

우리가 무엇인가를 가질 때 우리들의 정신은

그만큼 부담스러우며 이웃에게

시기심과 질투와 대립을 불러일으킨다.

적게 가질수록 우리는 더 사랑할 수 있다.

어느 날엔가는 적게 가진 그것마저도

다 버릴 우리 처지가 아닌가.

누가 소비를 미덕이라 했는가.

지나친 소비는 악덕임을 명심하라.

갈무리 생각

능소화와 동백꽃은 닮았다. 두 꽃은 온몸으로 피었다가 온몸으로 진다. 나도 그런 인생이고 싶다. 선가(禪家)에 '온몸으로 살고 온몸으로 죽어라(生也全機現 死也全機現)'는 말이 있다. '온몸으로 살고 죽어라'는 말은 온몸으로 존재하라는 말과 동의어일 터이다. 능소화와 동백꽃처럼 말이다. 그러고 보면 설법이 절 안에만 있는 것이 아니라 능소화가 절정인 내 사립문 옆 돌담에도 있다.

'풍부하게 소유하는 것이 아니라 풍성하게 존재하는 데 삶의 목표를 두라.'

늘 가슴을 치는 스님의 말씀이다. 소유의 욕망은 끝이 없어 결국에는 감옥이 돼버리고 만다. 그러나 나와 세상이 한 뿌리라는 존재를 깨닫는 순간 삶은 홀연히 자유롭고 풍성해지지 않을까 싶다. 나라고 고집하는 벽을 허물어버리면 드넓은 허공이 드러나듯이.

명상이란 무엇인가?

마중물 생각

명상이란 참선하는 것과 흡사하다.

목적은 같으나 방편이 다를 뿐이다.

참선이란 화두를 들고 나를 알아내는 것이다.

반면에 명상은 자기를 오롯이 지켜보는 것이다.

참선과 명상의 길은 다르지만

결국 '나는 누구인가?'를 자각하는 일이다.

스님의 말씀과 침묵

\#

명상은 깨어 있는 존재의 꽃이다.

명상은 어떤 종파의 전유물이 될 수 없다.

존재하는 모든 것은 명상을 통해 자신을 마음껏 꽃피울 수 있다.

나무가 꽃을 피우고 열매를 맺는 것도 자연의 섭리 같지만

홀로 겪는 명상의 세계가 있어 생명의 신비인 꽃을 피운다.

자기 자신을 알고자 한다면 스스로를 조용히 안팎으로 지켜보라.

지켜보는 이 일이 곧 명상이다.

#

지켜보라.

허리를 꼿꼿이 펴고 조용히 앉아

끝없이 움직이는 생각을 지켜보라.

그 생각을 없애려고 하지도 말라.

그것은 또 다른 생각이고 망상이다.

그저 지켜보기만 하라.

그런 사람은 언덕 위에서 골짝을 내려다보듯 거기서 초월해 있다.

이러니저러니 조금도 판단하지 말라.

강물이 흘러가듯 그렇게 지켜보라.

#

행여나 깨달음을 얻기 위해서 수행한다고 생각하지 말라.

도대체 깨달음이란 무엇인가? 누가 깨닫는다고 했는가?

깨닫겠다고 하는 사람이 문제다.

깨달으려고 해서 깨달음에 이른 사람은 아무도 없다.
깨달음은 보름달처럼 떠오르는 것이고 꽃향기처럼 풍겨오는 것.
그러니 깨닫기 위해서 정진한다는 말은 옳지 않다.

#

명상이란 우리들의 일상적인 삶과
다른 무엇이 아니라 깨어 있는 삶의 한 부분이다.
묵묵히 쓸고 닦는 일이, 시장에서 무심히 사고파는 그 행위가,
맑은 정신으로 차분하게 차를 모는 그 운전이 바로 명상이다.
무슨 일에 종사하건 간에 자신이 하는 일을 낱낱이 지켜보고
자신의 역할을 지각하는 것이 명상이다.

자기 자신을 살피는 이런 명상의 시간을 갖지 않으면,
자신의 삶을 자주적으로 이끌지 못하고
바깥 소용돌이에 자칫 휘말리게 마련이다.
자신을 안으로 살피는 일이 없으면
우리 마음은 날이 갈수록 사막이 되고 황무지가 되어간다.

#

행복할 때는 행복에 매달리지 말라.
불행할 때는 불행을 피하려고 말라.

그런 자기 삶을 순간순간 지켜보라.

정지해 있는 것은 아무것도 없나니.

#

안으로 마음의 흐름을 살피는 일

우리는 이것을 일과 삼아서 해야 한다.

모든 것이 최초의 한 생각에 싹튼다.

최초의 한 생각을 지켜보는 것이

바로 명상이다.

지식은 기억으로부터 온다.

지혜는 명상으로부터 온다.

지식은 밖에서 오지만

지혜는 안에서 움튼다.

#

명상은 안으로 충만해지는 일이다.

안으로 충만해지려면 맑고 투명한 자신의 내면을

무심히 들여다보는 습관을 들여야 한다.

명상은 본래의 자기로 돌아가는 훈련이다.

명상은 절에서, 선방에서만 하는 게 아니다.

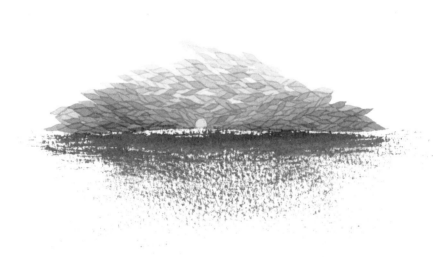

지켜보라. 허리를 꼿꼿이 펴고 조용히 앉아 끝없이 움직이는 생각을 지켜보라.
그 생각을 없애려고 하지도 말라. 그것은 또 다른 생각이고 망상이다. 그저 지켜보기만 하라.

마음을 활짝 열기 위해 겹겹으로 둘러싸인,

겹겹으로 얽혀 있는 내 마음을 활짝 열기 위해서

무심히 주시하는 일이다.

#

홀로 있으려면 최소한의 인내력이 필요하다.

홀로 있으면 외롭다고 해서 뭔가 다른 탈출구를

찾으려는 버릇을 버려야 한다.

그렇지 않으면 모처럼 자기 영혼의 투명성이 고이려다가 사라진다.

홀로 있지 못하면 삶의 전체적인 리듬을 잃는다.

홀로 조용히 사유하는, 마음을 텅 비우고 무심히 지켜보는

그런 시간이 없다면 전체적인 삶의 리듬이 사라진다.

삶의 탄력을 잃게 된다.

#

우리가 순간순간 산다는 것은

한편으론 순간순간 죽어간다는 소식이다.

죽음을 두려워할 것이 아니라

녹스는 삶을 두려워해야 한다.

단순한 삶을 이루려면 더러는

홀로 있는 시간을 가져야 한다.

그래야 사람은 단순하고 순수해진다.

이때 명상의 문이 열린다.

갈무리 생각

참선은 화두 들고 나를 찾아가는 수행이다.

그러므로 화두라는 이정표를 놓쳐서는 안 된다.

반면에 명상은 순간순간 나를 놓쳐서는 안 된다.

참선과 달리 내 자신이 이정표가 되는 셈이다.

수불선사는 화두 드는 요령을 다음과 같이 알려준다.

머리로 들지 말고 몸으로 들어라.

그래야 화두가 예리한 갈고리처럼 창자에 걸린다.

머리로 들지 말라는 말씀은 화두를 들되

알음알이 사량(思量)에 빠지지 말라는 말씀인 것이다.

열린 마음으로 살아라

마중물 생각

부처님 말씀을 새긴다.
그것은 부처님을 닮자는 것이 아니다.
위대한 스승의 말씀을 잊지 않는다.
그것은 스승을 닮자는 것이 아니다.
나답게 온전한 나로 살자는 맹세이다.

법정스님은 부처님, 예수님이 아무리 위대하다 하더라도
한 사람으로 족하다고 했다.
부처님과 스승의 말씀을 되새긴다는 것은 무엇일까?
그것은 성인을 통해 '나'를 성찰하는 것이다.
나를 성찰한다는 것은 자기수행 내지는 자기구원이다.

스님의 말씀과 침묵

#

모든 일이 순조롭게 풀리기만 바라지 말라.

어려운 일이 생기게 마련이다.

어떤 집안을 놓고 보더라도 밝고 어두운 면이 있다.

삶에 곤란이 없으면 자만심이 넘치게 된다.

잘난 체하고 남의 어려운 사정을 모르게 된다.

마음이 사치해지게 된다.

#

근심과 걱정을 밖에서 오는 것으로 생각지 말아야 한다.

그것을 삶의 과정으로 생각해야 한다. 숙제로 생각하라.

회피해서는 안 된다. 오히려 그것을 딛고 일어서야 한다.

왜 이런 불행이 닥치는가. 그것은 어떤 의미가 있는가.

사람은 저마다 이 세상에 무게가 다른 짐을 지고 나온다.

남들이 넘겨볼 수 없는 짐이다. 그것이 그의 인생이다.

따라서 세상살이에 어려움이 있다고 달아나서는 안 된다.

그 어려움을 통해서 그걸 딛고 일어서는 새로운 창의력을,

의지력을 키우라는 우주의 소식으로 받아들여야 한다.

#

저마다 자기 나름대로 꽃이 있다. 꽃씨를 지니고 있다.

그러나 역경을 이겨내지 못하면 그 꽃을 피워낼 수 없다.

하나의 씨앗이 움트기 위해서는 흙 속에 묻혀서 참고

견디어내는 인내가 필요하다. 그래서 사바세계라고 한다.

사바세계란 참고 견디는 세계라는 뜻이다.

이 세상은 참고 견딜 만한 극락도 지옥도 아닌 사바세계,

여기에 감추어진 삶의 묘미가 있다.

#

인간의 행복은 큰 데 있지 않다.

지극히 사소하고, 일상적인, 조그만 데 있다.

아침 햇살에 빛나는 자작나무의 잎에도 행복은 깃들어 있고,

벼랑 위에 피어 있는 한 무더기 진달래꽃을 통해서도,

하루의 일용할 양식을 얻을 수 있다.

지극히 사소하고 일상적인 것 속에 행복의 씨앗이 들어 있다.

빈 마음으로 그걸 느낄 수 있어야 한다.

#

이 세상에서 영원한 것은 아무것도 없다.

어떤 어려운 일도, 어떤 즐거운 일도 영원하지 않다.

모두 한때이다.

한 생애를 통해서 어려움만 지속한다면 누가 감내하겠는가.

다 도중에 하차하고 말 것이다.

모든 것이 한때이다. 좋은 일도 늘 지속되지 않는다.

어려운 때일수록 낙천적인 인생관을 가져야 한다.

덜 가지고도 더 많이 존재할 수 있어야 한다.

관심 갖지 않던 인간관계도 더욱 살뜰히 챙겨야 한다.

더 검소하고 작은 것으로써 기쁨을 느껴야 한다.

우리 인생에서 참으로 소중한 것은 어떤 사회적인 지위나

신분, 소유물이 아니라 자신이 누구인가를 아는 일이다.

\#

마음이 열리지 않으면 이미 열려져 있는 세상을

내가 받아들일 수 없다.

세상과 내가 하나를 이룰 수 없다.

이것은 세상에서 살고 있는 것 같지만 실제로는 아니다.

세상이라는 파도 위에서 겉도는 것에 불과하다.

마음이 열려야만 세상과 하나 되어 평온과 안정을 이룰 수 있다.

\#

작은 선이라도 좋으니 하루에 한 가지씩 행해야 한다.

작고 미미한 것일지라도, 남이 알아주지 않을지라도,

그것을 행해야 한다.

그것이 내 삶의 질서이다.

행을 통해서 자기 자신을 거듭거듭 일으켜 세워야 한다.

하루 한 가지씩 작은 선이라도 행하지 않으면 넘어진다.

그것은 이웃을 향한 행을 통해서 가능한 것이지,

경전을 많이 봤다고 해서, 법문을 많이 들었다고 해서

그날 하루를 헛되이 살지 않고 잘 산 것이 아니다.

참으로 사람의 도리를 다했는가, 하루 한 가지라도

이웃에게 덕이 되는 행동을 했는가 안 했는가에 따라

그날 하루를 잘 살았는가 못 살았는가를 판가름할 수 있다.

여기에서 삶의 의미와 가치가 결정된다. 거듭 명심하라.

\#

만남이란 일종의 자기 분신을 만나는 것이다.

종교적인 생각이나 빛깔을 넘어서 마음과 마음이

접촉할 때 하나의 만남이 이루어진다.

우주 자체가 하나의 마음이다.

마음이 열리면 사람과 세상과의 진정한 만남이 이루어진다.

\#

우리가 몸으로 움직이는 동작과 입으로 하는 말과

마음으로 하는 생각 모두가 업이 된다.

업이라는 것은 하나의 행위이다.

좋은 업을 쌓으면,

곧 좋은 행동과 말씨와 생각을 가지면 좋은 결과가 얻어진다.

나쁜 행동이나 말이나 생각을 지니면 어두운 업을 짓게 된다.

이것이 자주 되풀이되다 보면 거기에 힘이 생긴다.

그것을 업력(業力)이라 한다. 또는 업장(業障)이 되는 것이다.

업장이 커지면 이성의 힘으로 억제할 수 없는 관성이 생긴다.

내 힘으로 억제할 수 없는, 자제할 수 없는 힘을 갖게 된다.

\#

우리가 불행한 것은 물질적인 결핍 때문이 아니다.

행복을 받아들일 수 있는 가슴을 잃어가기 때문이다.

새로 핀 꽃을 보고 그 꽃에 매료당하는 것은

가슴의 영역이지 머리의 영역이 아니다.

생명의 신비는 가슴으로 받아들인다.

삶의 부피나 덩이만 생각하고 삶의 질을 놓쳐버리는

사회는 불행한 곳이다.

이 세상에서 영원한 것은 아무것도 없다.
어떤 어려운 일도, 어떤 즐거운 일도 영원하지 않다. 모두 한때이다.

#

잃는다는 것이 잘못된 것도 나쁜 것만도 아니다.

때로는 잃지 않고는 얻을 수가 없다.

크게 버릴 줄 아는 사람만이 크게 얻을 수 있다.

전체가 되기 위해서는 일단 무(無)가 되어야 한다.

자기중심적인 개체의 삶에서 자타를 넘어선

전체의 삶으로 탈바꿈이 되지 않고선 거듭나기 어렵다.

#

우리는 자기 몫의 삶을 살고 있는지

저마다 오던 길을 한번쯤 되돌아볼 수 있어야 한다.

지금까지의 삶에 만족하고 있다면 그는 새로운 삶을

포기한 인생의 중고품이나 다름이 없다.

그의 혼은 이미 빛을 잃고 무디어진 것이다.

우리가 산다는 것은 끝없는 탐구이고 시도이고 실험이다.

탐구와 시도와 실험이 따르지 않는 삶은

이미 끝나버린 삶이나 다름이 없다.

갈무리 생각

생로병사(生老病死)

인간은 누구나 태어나서, 늙고, 병들어, 죽는 고통

애별리고(愛別離苦)

사랑하는 사람과 헤어져야 하는 고통

원증회고(怨憎會苦)

미워하는 사람을 만나야만 하는 고통

구부득고(求不得苦)

간절히 얻고자 하여도 얻을 수 없는 고통

오음성고(五陰盛苦)

육체를 지닌 인간으로서 물질적 집착과 탐욕에서 오는 고통

삶 자체가 위와 같은 고통이 가득한 고통스러운 바다, 고해(苦海)다.
고해를 건너가려는 정진은 그 자체만으로도 눈물겹도록 인간답다.
　그러나 고해가 곧 극락임을 알고 받아들이는 인생은 꽃보다 아름
답고 향기롭다.

나는 누구인가?

마중물 생각

태풍이 내 산방 안팎을 설거지한 느낌이다. 풍경이 빨래처럼 산뜻하다. 꺾어진 나뭇가지들을 치우니 마당도 한결 말끔하다.

엊그제 한 사람에게 광헌(光軒)이라는 호를 지어주었다. 직역하자면 '빛이 그득한 집'이다. 그런 사람이 되기를 바라는 마음으로 지었다. 어떻게 하면 그렇게 되냐고 하기에 남에게 빛을 주는 사람이고자 하면 그것이 바로 자신이 빛이 되어가는 과정이라고 말했다. 세상 사람들에게 꽃 같은 언행을 하다 보면 내가 어느 순간 꽃이 되는 도리다.

몸도 마음도 일에 미쳐 사는 사람을 '일중독자'라고 한다. 몸도 마음도 놀기에 빠져 사는 사람을 한량(閑良)이라 한다. 몸은 분주하지만 마음은 한가한 사람을 한도인(閑道人)이라 한다. 나는 어디에 해당하는 사람일까? 어디에 해당하고 싶어 하는 사람일까?

스님의 말씀과 침묵

\#

나는 누구인가.

스스로 물으라.

나는 누구인가.

자신의 속얼굴이 드러나 보일 때까지 묻고 물어야 한다.

건성으로 묻지 말고 목소리 속의 목소리로

귓속의 귀에 대고 간절하게 물어야 한다.

해답은 그 물음 속에 있다.

그러나 묻지 않고는 그 해답을 이끌어낼 수 없다.

나는 누구인가.

거듭거듭 물어야 한다.

\#

오늘의 나는 어제의 내가 아니다.

지금 이 자리에 이렇게 있는 것은 새로운 나다.

개울물이 항상 그곳에서 그렇게 흐르고 있어

여느 때와 같은 물이면서도 순간마다 새로운 물이듯이

우리들 자신의 '있음'도 그와 같다.

#

나는 가끔 내 손을 들여다보면서 고마워할 때가 있다.

나무와 찬물을 다루다 보니 손결이 거칠어졌지만.

이 손이 아니면 내가 어떻게 살아갈 수 있을 것인가.

물 길어 오고 땔감 마련하고 먹을거리 챙겨주는 것도 이 손이다.

내 삶의 자취와 생각을 문자를 빌려 표현해주는 것도 이 손이다.

이 손이 내 몸을 이루고 있는 한 지체인 줄 알지만

그 수고에 대해서 새삼스레 감사하지 않을 수 없다.

#

내 얼굴을 마주 대하면서 법정스님을 많이 닮았다는 말을

낯선 사람들로부터 들을 때가 더러 있다.

'정말 그럴까?' 하고 생각하게 하는 말이다.

이름이 있기 전에 실체가 존재한 것인데,

어째서 우리들은 그 이름에만 매달리려고 하는가.

나는 도대체 누구인가? 무엇인 나인가?

묻고 또 물어도 나의 실체는 선뜻 찾아낼 수 없다.

그렇다고 해서 전혀 없는 것인가?

그 실체가 없다면 이름도 붙여지지 않았을 것이다.

그런데 우리는 그 이름만 보고 실체로 잘못 알고 있는 건 아닐까.

그 이름은 언젠가 실체로부터 떨어져나가게 마련이다.

오늘의 나는 어제의 내가 아니다. 지금 이 자리에 이렇게 있는 것은 새로운 나다.
개울물이 항상 그곳에서 그렇게 흐르고 있어 여느 때와 같은 물이면서도
순간마다 새로운 물이듯이 우리들 자신의 '있음'도 그와 같다.

이름은 한때의 명칭일 뿐 실체와는 다르기 때문이다.

그렇다면 본인을 두고 아무개를 많이 닮았다는 말은

보다 진실한 표현인지도 모른다.

그때마다 나는 이렇게 대답한다.

"그래요. 그 스님이 나를 많이 닮았다는 말을 가끔 듣습니다."

\#

마음은 아무리 찾아도 그 실체가 없다.

그렇다고 마음이 없는 것인가?

없는 것이라면 그 이름도 아예 없었을 것을.

그럼, 어떤 것이 그대 마음인가?

\#

사람 마음의 바탕은 선도 악도 아니다.

선과 악은 연(緣)에 따라 일어난다.

착한 인연을 만나면 마음이 착해지고,

나쁜 인연을 만나면 마음이 악해진다.

그러니 우리들의 관계와 환경이 얼마나 중요한가.

안개 속에 있으면 자신도 모르게 옷이 젖듯이.

\#

너그러운 마음은 사람의 본심(本心)이고,

옹졸한 마음은 본심이 아닌 번뇌다.

너그러운 마음은 우리를 자유케 하지만

옹졸한 마음은 우리를 부자유케 한다.

본심이 아닌 마음일 때는 속히 본심으로 돌아가야 한다.

\#

지금 살아 있다는 것은 당연한 일 같지만

이는 하나의 기적이고 커다란 축복이 아닐 수 없다.

뭐니 뭐니 해도 이 세상에서 생명처럼 존귀한 것은 없다.

생명은 개체로 보면 단 하나뿐이다.

친지들의 죽음 앞에서 우리가 슬퍼하는 것은

그것이 영원한 이별을 의미하기 때문이다.

\#

이 몸이라는 것은 물, 불, 공기, 흙 네 가지로 이루어졌다.

또 인간의 존재는 반야심경에 나오듯 오온(五蘊),

즉 색수상행식(色受想行識) 물질적 요소와 정신적 요소가

합쳐서 만들어진 유기적 존재이다.

본래부터 있었던 게 아니라 어떤 인연이 닿아

이런 형상을 갖추고 나온 것이다.

인연이 다하면 흩어지고 만다.

이 몸 자체는 무상한 것이다. 늘 변하는 것이다.

어디에 고정되어 있지 않다. 그러나 영혼에는 생로병사가 없다.

거죽은 생로병사가 있다지만 거죽 속의 알맹이는

태어남도, 늙음도, 병듦도, 죽음도 없다.

\#

우리가 만족할 줄 모르고 마음이 불안하다면

그것은 우리가 살고 있는 세상과 조화를 이루지 못하기 때문.

내 마음이 불안하고 늘 갈등상태에서 만족할 줄 모른다면

그것은 내가 살고 있는 이 세상과 조화를 이루지 못하기 때문.

우리는 우리 주위에 있는 모든 것의 한 부분이다.

저마다 독립된 개체가 아니다. 전체의 한 부분이다.

우리 한 사람 한 사람이 세상의 한 부분이다.

세상이란 말과 사회란 말은 추상적인 용어이다.

구체적으로 살고 있는 개개인이 구체적인 사회이고 현실이다.

우리는 보이든 보이지 않든, 혈연이든 혈연이 아니든

관계 속에서 서로 얽히고설켜서 이루어진 것이다.

갈무리 생각

마중물 생각에서 호를 이야기했으니 하나만 더 하겠다. 어느 연극 배우에게 우멸(愚滅)이라는 호를 지어주었다. 어리석음, 즉 무명(無明)을 멸한 경지가 부처이지 않겠는가. 무명을 벗어나면 팔정도의 삶은 저절로 이루어진다는 것이 부처님의 곡진한 가르침이자 팔만대장경의 핵심이다. 어리석은 사람은 부처님과 반대로 사는 사람일 터.

자신이 먼저 세상 사람들에게 자비를 베풀지 않고 세상 사람들이 자신에게 자비를 베풀어주기를 바란다. 시비를 초월하지 않고 세상 사람들과 다투며 산다. 내가 지금 어떻게 살고 있는지, 그것이 바로 내 모습이다. 나라고 고집하는 나이다.

삶이 빛나는 것은 죽음이 있어서다

마중물 생각

어른이 '죽다'라는 말을 우리는 '돌아가시다'라고 표현한다. 어느 지점이 아니라 또 다른 지점으로 가셨다는 뜻이다. 그 말 속에는 이 세상과의 인연이 끊어졌다는 말이 아니라 저 세상에서 또 다른 인연으로 살아간다는 뜻이 숨어 있다.

불교 용어로는 '윤회하다'이다. 우리 말 속에 불교용어가 습합되어 있는 경우이다. '명복을 빈다'라는 문장도 '명부(지장보살이 있는 곳)의 복을 빈다'라는 문장의 줄임말이다. 한 종교가 문화와 역사가 되려면 5백 년 이상이 지나야 한다고 한다. 맞는 말 같다. 우리에게 불교문화, 유교문화, 샤머니즘 문화라는 말이 자연스러운 것은 우리 피톨 속에 정체성으로 들어와 있기 때문이다.

스님의 말씀과 침묵

\#

사람이 죽을 때 그 사람 혼자만 죽는 것이 아니다.

그의 가족이며 친척과 친구, 그와 관계된 모든 세계가

함께 무너져 내리는 것이다.

심지어 그가 지녔던 물건까지도 빛을 잃는다.

그러니 한 사람의 목숨을 앗을 때 얼마나 많은 사람들에게

상처를 입히게 될 것인가를 생각해야 한다.

\#

우리에게 죽음이 있다는 게 얼마나 다행인가.

만약 죽음이 없다면 사람은 또 얼마나 오만하고

방자하고 무도할 것인가.

죽음이 우리들의 생을 조명해주기 때문에 보다 빛나고

값진 생을 가지려고 우리는 의지적인 노력을 기울인다.

\#

살아 있는 모든 것은 때가 되면 그 생을 마감한다.

그 누구도 어길 수 없는 생명의 질서이며 삶의 신비이다.

만약 삶에 죽음이 없다면 삶은 그 의미를 잃게 될 터이다.

죽음이 삶을 받쳐주기 때문에 그 삶이 빛나는 것이다.

\#

사람에게 저마다 고유한 삶의 방식이 있듯이

죽음도 그 사람다운 죽음을 택할 수 있도록

이웃들은 거들고 지켜보아야 한다.

그러기 위해서는 우리가 일찍부터 삶을 배우듯이

죽음도 미리 배워둬야 할 것이다.

언젠가는 우리들 자신이 맞이해야 할

엄숙한 사실이기 때문이다.

\#

우리가 산다는 것은 죽음 쪽에서 보면

순간순간 죽어오고 있는 것.

그러므로 순간순간 내가 내 인생을 어떻게 살고 있느냐에 따라,

그것이 삶일 수도 있고 죽음의 길일 수도 있다.

우리가 이 세상에 태어난 것은 당당하게 살기 위해서지

죽기 위해서가 아니다.

강물은 흘러 흘러서 바다로 들어간다. 바다는 영원한 생명의 고향.

우리가 산다는 것은 죽음 쪽에서 보면 순간순간 죽어오고 있는 것.
그러므로 순간순간 내가 내 인생을 어떻게 살고 있느냐에 따라, 그것이 삶일 수도 있고
죽음의 길일 수도 있다.

살 때는 철저히 그 전부를 살아야 하고

죽을 때는 죽음에 철저해 그 전부를 죽어야 한다.

삶에 철저할 때는 털끝만치도 죽음 같은 것은 생각할 필요가 없다.

또한 일단 죽으면 조금도 삶에 미련을 두어서는 안 된다.

사는 것도 내 자신의 일이고 죽음도 또한 내 자신의 일이니,

살 때는 철저히 살고 죽을 때도 철저히 죽을 수 있어야 한다.

꽃은 필 때도 아름다워야 하겠지만 질 때도 아름다워야 한다.

모란처럼 뚝뚝 무너져 내릴 수 있는 게 얼마나 산뜻한 낙화인가.

삶의 비참함은 죽는다는 사실보다도 살아 있는 동안

우리 내부에서 무언가 죽어간다는 사실에 있다.

자신을 삶의 변두리가 아닌 중심에 두면

어떤 환경이나 상황에도 크게 흔들림이 없을 것이다.

모든 것을 담담하게 받아들일 수 있는

삶의 지혜와 따뜻한 가슴을 지녀야 한다.

놓아두고 가기!

때가 되면, 삶의 종점인 섣달 그믐날이 되면

누구나 자신이 지녔던 것을 모두 놓아두고 가게 마련.
빈손으로 왔다가 빈손으로 가는 나그네이기 때문이다.
미리부터 이런 연습을 해두면 떠나는 길이
훨씬 홀가분할 것이다.

갈무리 생각

며칠 전에 메모해둔 글을 보니 내 죽음의 그림자가 어른거린다. 글의 주제와 엇비슷해서 그대로 옮겨본다.

서울의 새벽 6시. 산중의 적막한 시간과 다르다. 건물의 불빛과 달리는 자동차들의 불빛이 서울에 와 있음을 실감 나게 한다. 어제, 인사동마루 3층 갤러리에서 안사람 도예전의 작품들을 디스플레이하고 큰딸 집으로 온 뒤, 뚝 떨어져서 잤다. 도자기들을 실은 트럭 조수석에서 6시간 동안 앉아서 왔으니 그럴 만도 했다. 아내에게 해줄 수 있는 일이 있다는 게 다행이다. 쌍둥이를 임신한 큰딸은 지금 배가 산만 하다. 녀석이 두세 살 때다. 내가 출근하기 전, 녀석이 내 손을 잡고 전셋집 옆의 초등학교 운동장으로 낑낑대며 끌던 기억이 난다. 거의 매일 초등학교 빈 운동장에서 녀석에게 그네도 태워주고 하던 일이 엊그제 같다. 계산해보니 태어날 아기가 30세가 되면 나는 97세

가 된다. 아내는 94세이니 혹시 모르겠지만 나는 아마도 이 세상에
없을 터. 지난달에 받은 문학상 상금은 아내가 가지고 있다가 태어날
아기에게 선물하기로 했다. 특별하지도 않고 대단한 자랑거리도 아
니다. 내가 부모에게 받은 사랑을 돌려줄 뿐이다. 아니, 부모에게 받
은 사랑에 어찌 비할 것인가. 지금 이 글을 쓰는 동안 안경알이 흐려
지는 것 같다. 인생이라는 단어가 문득 떠오른다. 인생이란 단순히 생
존하는 것이 아니라 그것을 넘어서는 무엇이어야 한다는 자각이 사
무친다. 내게 남은 인생의 잔고만이라도 잘 책임지고 마무리 지어야
겠다는 숙연한 생각이 든다.

생사일여가 딱 맞는 말이다. 나는 죽음을 생각했고, 딸은 쌍둥이 출
산을 앞두고 있다.

스님의
공감법어

우리는 언제나 고통을 불러오는 원인을 만들고 있습니다.
고통을 부르는 가장 큰 원인은 무엇입니까? 모든 것을 나를 기준으로 판단하고 해석하는 것입니다.

수행은 절이 생기기 전에 있었다

마중물 생각

어느 지인이 나에게 고백한 바, 선방에 앉아 화두를 들고 참선하다가 깨달음을 체험했다고 한다. 그래서 그는 하루 종일 울었다고 한다. 선방에 앉아서도 울고 집으로 돌아와서도 울었다. 그러다 문득 가족이 부처라는 생각이 들어 아내와 자식들에게 삼배를 하고 싶어졌다는 것이다.

"여보, 고생이 많았소. 당신부터 삼배를 받으시오."

그러자 아내와 자식들이 자신들은 부처가 아니라며 혼비백산했다. 지인은 아내와 자식들이 잠든 한밤중에 일어나 목욕한 다음 아내에게 삼배를 먼저 하고, 자식 방으로 가 자식들에게 삼배를 했다고 한다. 왜 그랬을까. 천상천하 유아독존이라는 인간생명의 존엄성과 자신에게 주어진 생을 감사하게 받아들였던 것이다.

다른 이들도 나와 같은 경험을 많이 했을 것이다. 어머니를 부처라고 여기니 용돈을 드릴 때 기분이 더 좋다. 어머니가 복전(福田)이 되기 때문이다. 복전이란 행운을 일구는 밭이 아닌가. 복과 인연을 짓는 발복(發福)하는 공간이 복전인 것이다. 복을 달라고 비는 기복(祈福)의 기도가 아니므로 주었다는 생각이 사라지는 무주상(無住相)의 용돈이기도 하다.

사실 절대적인 행복이나 복은 밖에서 누군가가 주는 것이 아니다. 복은 내 안에 존재한다고 봐야 한다. 내 안에 무진장 쌓여 있는데, 그것을 보지 못하고 있을 뿐인 것이다. 그래서 옛 선사들은 내 안의 '참나'를 보물창고라고 했을 터이다.

스님의 말씀과 침묵

\#

승가의 생명력은 청정성에 있습니다. 청정성은 진실성을 의미합니다. 곧 승가의 생명력은 청정성과 진실성에 있습니다. 저는 절들이 과연 맑고 향기로운 도량인가 하는 의문을 갖습니다. 절에 사는 스님들과 신도들, 또는 절을 의지해서 드나드는 불자들의 삶이 저마다 맑고 향기로운가. 맑고 향기롭게 개선되고 있는가. 스스로 물어야 합니다. 맑음은 개인의 청정과 진실을 말하고, 향기로움은 그 청정과 진실의 사회적 영향력, 메아리입니다. 도량에서 익히고 닦은 기도와 정진의 힘으로 자기 자신은 물론 가정이나 이웃에 어떤 기여를 하고 있는지 시시로 점검해야 합니다.

#

절이 생기기 전에 먼저 수행이 있었습니다. 절이 생기고 나서 수행이 시작된 것이 아닙니다. 절이 생기기 전에 수행이 있었습니다. 그러니 절이나 교회를 습관적으로 다니지 마십시오. 절에 다닌 지 10년, 20년 되었다는 신도들을 보면, 다 그런 것은 아니지만 습관적으로 절이나 교회에 다니는 경우가 매우 많습니다. 이분들은 절의 재정에는 보탬이 될지 모르지만 각자의 신앙생활의 알맹이는 소홀합니다. 절이나 교회를 습관적으로 다니면 안 됩니다. 습관적으로 다니니까 극단주의자들이 '종교는 마약이다'라고 이야기하는 것입니다.

#

깨어 있어야 합니다. 왜 절에 가는가? 왜 교회에 가는가? 그때그때 스스로 물어서 어떤 의지를 가지고 가야 합니다. 그래야 자기 삶이 개선됩니다. 삶을 개선하지 않고 종교적인 행사에만 참여한다고 해서 신자가 될 수 있는 것이 아닙니다. 이것을 명심하십시오. 무엇 때문에 내가 절에 나가는가. 무엇 때문에 교회에 나가는가. 그때그때 냉엄하게 스스로 물어야 합니다. 그렇지 않으면 일상적인 타성에 젖어서 신앙생활을 하지 않는 사람들보다 훨씬 더 어리석은 짓을 할 수가 있습니다.

깨어 있어야 합니다. 왜 절에 가는가? 왜 교회에 가는가? 그때그때 스스로 물어서 어떤 의지를 가지고 가야 합니다. 그래야 자기 삶이 개선됩니다.

갈무리 생각

얼마 전, 광장을 별처럼 밝혔던 자비의 촛불이 우리 불가에도 옮겨 붙어 꺼지지 않기를 발원해본다. 승속을 가릴 것 없이 자애로움만 있고, 회초리가 없는 집단은 결국 도덕불감증의 나락으로 떨어져 모두를 병들게 할 터. 발원이란 나와 이웃 모두를 건강케 하는 기도가 아닐 것인가. 절이 그나마 아직도 청정한 것은 수많은 신도와 수행자들의 건강한 기도가 훈습돼 있기 때문이라고 본다. 성당이나 교회도 마찬가지라고 믿는다.

법정스님의 속가조카 현장스님으로부터 자세히 들은 이야기다. 주인공은 모 대학의 김현철 교수다. 조실부모하여 할머니 손에 자란 김현철은 사춘기 고교생 시절 방황하다가 상담교사에게 법정스님의 산문집 한 권을 받고는 저자인 스님을 흠모하던 차에 우연히 광주 충장로 1가에 있는 베토벤 음악감상실에서 스님을 뵈었다고 한다. 나도 베토벤 음악감상실을 두어 번 가본 적이 있는데, 법정스님의 신자인 여주인이 내 산방을 찾아온 적이 있어서였다. 클래식음악만 들려주는, 무등산 정상이 환히 보이는 음악감상실은 지금도 좋은 기억으로 남아 있다.

베토벤 음악감상실에서 법정스님을 한 번 뵌 적이 있는 김현철 학생은 대학교에 입학한 뒤 등록금이 없어서 고민 고민하다가 불일암으로 법정스님을 찾아갔다고 한다. 학생의 고민을 듣고 난 스님은 그에게 등록금 고지서를 베토벤 음악감상실에 놓고 가라고 했다. 이후 김현철 학생이 졸업할 때까지 스님은 그의 등록금을 대납해주었다. 뿐만 아니었다. 학업을 포기할 정도로 가정형편이 어려운 학생이 있으면 말하라고 해서 김현철 학생은 세 명이나 소개했다. 그 학생들도 등록금 고지서를 베토벤 음악감상실에 갖다 놓고 스님의 장학금(?)을 받았다. 장학금 조건은 외부에 일체 알리지 않는 것이었다. 스님에 대한 고마움을 입안에 삼키고 있어야 했다. 스님이 학생들에게 직접 등록금을 주지 않은 까닭은 어린 학생들의 자존심을 배려해서였다.

한편, 김현철은 대학교 졸업 전에 천주교와 인연을 맺었다. 광주 남동성당에서 예비신자 교리 수업을 받고 빅토리노가 되었다. 그런데 하필이면 영세를 받은 날 귀갓길에 교통사고를 당했다. 큰 사고였다. 3주간을 혼수상태로 보냈다. 그리고 5주간을 치료를 받았다. 김현철은 하느님이 너무나 원망스러웠다. 그래서 퇴원한 날 바로 시외버스를 타고 불일암을 찾아갔다. 스님이 김현철의 안색을 보고는 "어디 아팠는가?" 하고 물었다. 그러자 김현철은 사실대로 다 말하고는 "스님, 하느님이 계시다면 왜 영세 받은 날 교통사고를 나게 할 수 있습니까? 앞으로 저는 불교를 믿고 싶습니다"라고 하소연했다.

이에 스님이 크게 웃으며 말했다.

"야, 임마. 천주님은 그런 만화 같은 일을 하는 분이 아니다. 현철이가 아픔을 통해 더욱 성숙해져서 더 큰 시련도 이겨낼 수 있는 지혜와 힘을 주실 것이다. 천주님 사랑이나 부처님 자비나 모두 한 보따리에 있는 것이니, 종교를 바꿀 생각은 하지 말라."

아무튼 스님에게 도움을 받은 김현철과 세 명의 학생들은 졸업 후에도 발설하지 않겠다는 스님과의 약속을 지켰다. 그러나 스님이 입적하시고 난 뒤에는 그 약속을 깨지 않을 수 없었다. 김현철도 스님의 다비식이 끝나고 나서 스님이 머무셨던 불일암 빈 방을 바라보며 돌아가신 아버지를 부르듯 "스님, 어디 계셔요. 제가 왔어요. 현철입니다" 하고 울면서 자신이 우는 이유를 세상에 알렸다.

학생들은 모두 교수, 의사가 되어 나름대로 사회에 몫을 다하며 살고 있다고 한다. 스님께서는 왜 학생들에게 발설하지 말라고 신신당부하였을까. 자신이 한 일을 숨기려고 했을까. 발원이나 참된 기도가 어떤 모습이어야 하는지를 보여주신 것 같아 가슴이 먹먹해진다.

시간 속에 살고 죽는다

마중물 생각

올해 마당에서 가장 먼저 눈에 띈 노란 복수초 꽃.
눈 사이에 피는 꽃이라 하여 산중농부들은 눈새기꽃,
도회지 사람들은 설연화(雪蓮花)라고 부른다.
눈 덮인 겨울에 꽃을 피우기 위해
자기 뿌리에서 힘껏 열을 발산한다고 하니
결코 가볍게 보이지 않는다.
자연에는 요행수가 없다는 것을 또다시 깨닫는다.

스님의 말씀과 침묵

\#

새해 복 많이 받으셨습니까? 수많은 말 중에서도 하필 새해 인사로

귀중한 시간을 매 순간 어떻게 맞이하고 보내고 있는지 깊이깊이 살펴보아야 합니다.
우리는 그 시간 속에서 살기도 하고 죽기도 합니다.

복을 받으라고 하는 까닭은 우리들 삶에서 복이 그만큼 중요하기 때문일 것입니다. 이 험난한 세상에 복이 우리를 받쳐주지 않는다면 제대로 살 수가 없습니다.

새해 달력을 바꾸어 걸어놓은 지 어느새 한 달 하고도 아흐레가 되었습니다. 금년 365일 중에서 이미 9분의 1일이 지나갔습니다. 세월이 덧없다는 소리를 실감합니다. 지나가는 세월을 두고 옛사람들은 전광석화와 같다고 했습니다. 번개나 부싯돌에 불이 번쩍이는 찰나처럼 몹시도 짧음을 비유한 말입니다.

\#

지난겨울 눈병을 앓으면서 저는 시간에 대한 인식을 새로이 했습니다. 병원에서 안약을 처방하면서, 한 가지 약을 한 시간 간격으로 넣으라는 지시를 했습니다. 그 한 시간이 얼마나 빨리 지나가는지, 지나가는 것이 아니라 훌훌 빠져나간다고 표현해야 더 맞을 정도였습니다. 마치 모래를 한 움큼 쥐었을 때 손가락 사이로 스르르 빠져나가듯 순식간에 사라져버렸습니다. 시계를 들여다보면서 시간마다 안약을 넣다 보니 하루가 훌쩍 지나갔습니다.

\#

시간의 덧없음은 굳이 노년에만 해당하지 않습니다. 남녀노소 가릴 것 없이 누구에게나 똑같이 하루 24시간이 주어지고, 그 24시간은 쏜

살같이 지나갑니다. 순간순간의 삶이 얼마나 엄숙한 것인지, 정신이 번쩍 들지 않을 수 없습니다. 이같이 귀중한 시간을 매 순간 어떻게 맞이하고 보내고 있는지 깊이깊이 살펴보아야 합니다. 우리는 그 시간 속에서 살기도 하고 죽기도 합니다.

우리 자신이 시간을 살리기도 하고, 죽이기도 합니다. 친구를 만나서 서로에게 유익하고 정다운 자리를 이루었다면 그것은 시간을 살리는 일이 되고, 쓸데없는 소리나 하고 남의 흉이나 보면서 서로에게 도움이 되지 않는 자리를 가졌다면 그것은 시간을 죽이는 일입니다. 우리는 누구를 만날 때 시간을 살리고 있는지 죽이고 있는지 안으로 살펴볼 수 있어야 합니다.

갈무리 생각

어른에게 세배할 때 '새해 복 많이 받으세요'라는 말과 함께 큰절을 한다. 이는 어른이 먼저 복을 받아야 한다는 우리 민족만의 인사법이다. 복이란 스스로 짓고 받는 법이다. 새해 인사를 하느라고 일가친척이 많이 모이면 집안이 복작복작 소란스러워진다. 여기서의 소란스러움은 서로가 복을 짓는 '복작복작'(福作福作)이 아닐까 싶다. 차곡차곡이라는 말이 차가 창고에 가득 쌓인 모습에서 유래했다니 그럴 만도 하지 않은가.

궁핍을 모르면 고마움을 모른다

마중물 생각

한나절 내내 빗소리만 듣고 있으니

무념(無念), 무잡(無雜), 순일(純一), 여여(如如)해진다.

여기에는 번뇌, 망상, 욕망이 끼어들 자리가 없다.

본래의 나로 돌아가 있는 순간에는

나에게 불필요했던 것들과 멀어지는 청명의 시간이다.

스님의 말씀과 침묵

\#

우리는 맑은 가난인 청빈의 의미를 되새길 필요가 있습니다. 맑은 가
난이란 많이 갖고자 하는 욕망을 스스로, 자주적으로 억제하는 일입
니다. 지금 가지고 있는 것만으로도 만족할 수 있어야 합니다. 더 바

조금 모자란 것에 만족하는 삶은 어리석음이 아니라 지혜입니다.

라는 것이 없어야 합니다.

맑은 가난은 남이 가진 것을 부러워하지 않고 자신에게 주어진 현실에 만족할 줄 아는 것입니다. 맑은 가난은 불필요한 것을 갖지 않고, 불필요한 것으로부터 자유로워지는 것입니다. 다시 말해 갖고자 하는 욕망을 스스로 억제하기 때문에 더 필요한 것이 없습니다.

또 무엇을 갖고자 할 때, 갖지 못한 사람들의 처지를 먼저 생각할 수 있어야 합니다. 나만 다 차지하고 살 수 있는 세상이 아닙니다. 서로 얽혀 있고 서로 의지해 있습니다. 내 이웃이 갖지 못하고 있는데 나만 많이 갖는다는 것은 인간의 도리가 아닙니다. 아무리 자기 것이라 하더라도 그 근원을 추적해보면 다른 누군가가 가져야 할 것을 도중에 가로챈 것이나 다름없습니다.

#

사람은 누구나 부자가 되고 싶어 합니다. 개인만이 아니고 사회나 국가도 마찬가지입니다. 더 크고 더 높고 더 많은 것을 가지고 싶어 합니다. 그렇다면 더 크고 더 많은 것을 가질수록 우리는 행복한가를 스스로에게 물어봐야 합니다. 가치의 척도는 행복한가, 행복하지 않은가에 달려 있습니다. 조금 모자란 것에 만족하는 삶은 어리석음이 아니라 지혜입니다. 이런 생활 태도를 갖지 않는 한, 이런 생태윤리를 지니지 않는 한, 세상은 더욱 나빠지고 더욱 힘들어집니다. 아쉬움과 궁핍을 모르면 고마움을 모르기 때문입니다. 돈이나 재물이 인간이

할 일을 대신하게 되면 그곳에는 인간이 존재할 필요가 없어집니다.

#

삶의 질은 결코 물질적 풍요에 달려 있지 않습니다. 어떤 여건 아래서도 우리가 잠들지 않고 깨어 있다면 삶의 질은 얼마든지 향상될 수 있습니다. 무엇 때문에 우리가 살고 있는가, 또 우리만 살고 말 것이 아니라 우리 후손들까지도 어떻게 하면 잘 살게 할 수 있을 것인가가 우리에게 주어진 과제입니다. 왜냐하면 지금 우리가 받아서 쓰고 있는 것은 우리 조상대에 허물지 않고 가꾸어온 은혜이기 때문입니다.

갈무리 생각

양기 방회선사의 일화다. 수행 중에는 지붕이 뚫리고 방 벽이 헐어도 제자들에게 그대로 두게 하였다. 하루는 눈이 내려 방에 쌓이자 제자들에게 게송으로 설법하였다. 청빈을 넘어 무욕의 경지다.

내 잠시 머무는 집 지붕과 벽이 헐어
책상 위에는 진줏빛 흰 눈이 가득하다.
추위에 목을 움츠리고 가만히 숨을 내쉬며
부처님이 나무 밑에서 계시던 일을 떠올리노라.

중국의 양기사를 찾아가 참배한 일이 있다. 한 노승이 여름인데 겨울옷을 입고 있었다. 법문을 청하려고 하자 피해버렸다. '시간이 없다'는 것이었다. 그곳의 젊은 스님에게 물어보니 사시사철 입는 누더기 장삼이라고 말했다. 노승의 눈은 형형했다. 그때 나는 그 노승을 방회선사의 후신이라고 생각했다.

그 순간은 그 순간일 뿐

마중물 생각

아내와 함께 건강검진을 받은 일이 있다. 나는 아내의 강요에 못 이겨 병원으로 갔다. 그런데 결과는 정반대로 나왔다. 나는 고혈압과 당뇨 기운이 있다는 의사진단을 받았지만 아내는 식도 하단에 1cm 종기가 있다는 진단을 받았다. 검진병원에서 큰 병원을 소개하며 예약까지 해주었다. 말하자면 암일지도 모른다는 것이었다. 그날부터 아내는 불안해했다. 마음을 내려놓았다고 하면서도 병원예약 날을 기다리는 동안 불쑥불쑥 심란해했다. 그러더니 지방병원보다는 서울에 있는 큰 병원으로 가자고 했다. 나는 지인들을 수소문하여 서울의 강남성모병원에 검진예약을 했다. 검진결과는 암이 아니라 근육종기였다. 의사는 3cm 근육종기를 달고 사는 사람도 있다며 아무렇지 않게 이야기했다. 1년쯤 지켜보다가 자라는 성질이 보이면 그때 수술해도 아무 이상이 없다는 것이었다. 그때부터 아내는 편안한 마음으로 돌아왔다. 고통스런 늪에 빠졌다가 일상으로 귀환한 셈이었다. 결국 안

락과 고통은 한 생각의 차이였다. 아내 옆에 있는 나도 마찬가지였다. 그렇다. 그 순간은 그 순간이고 지금은 지금일 뿐이다.

스님의 말씀과 침묵

\#

몸에 병이 있거나 집안에 걱정 근심이 있을 때 그것을 부정적으로 생각하지 마십시오. 그것을 통해서 삶의 긍정적인 전환점을 만들 수 있어야 합니다. 몸에 병 없는 사람이 어디 있습니까? 살아 있는 사람이라면 누구나 육체적인 괴로움과 취약점을 가지고 있습니다. 그러나 그것 때문에 기죽어서는 안 됩니다. 만일 사람이 365일 아무 이상이 없다고 생각해보십시오. 그는 삶의 무게와 인생의 뒤뜰 같은 것, 생의 그늘 같은 것을 전혀 모를 것입니다. 그에게는 혼의 깊이가 없습니다. 그리고 앓을 때는 적당히 앓아야 합니다. 죽을병이 아닌 한 앓을 만큼 앓고 나서 털고 일어나십시오.

\#

몸이 아플 때 '이건 아니야'라고 생각하지 마십시오. 무언인가 잘못되어가고 있다고 생각하지 마십시오. 몸이 나아져갈 때 '그래. 이거야'라고 말하지 마십시오. 살아 있는 한 조만간 또다시 아플 일이 있을 것입니다. 등이 결리고 허리가 쑤실 것입니다. 행복에 매달리지 말고, 불행을 피하려고 하지 마십시오. 다만 맑은 정신으로 지켜보십시오. 행복은 행복이고 불행은 불행일 뿐입니다. 그것에 좋고 나쁨을 대입할 때 고통과 불만족이 시작됩니다. 그것은 나쁜 습관입니다. 그것들에 얽매이지 말고 다만 지켜보는 연습을 해야 합니다.

\#

죽게 되면 그것으로 끝나는 것이니 할 수 없는 일입니다. 죽음을 두려워하지 마십시오. 죽어본 사람 말을 들어보면 그다지 괴롭지 않답니다. 죽음이 아니라 죽음에 대한 생각 자체가 괴로운 것입니다. 실제로 죽었다가 깨어난 사람들 이야기를 들어보면 전혀 두렵지 않다고 합니다. 우리가 이 몸을 버리고 가는 것만이 죽는 것이 아닙니다. 한 생각이 일어나면 살았다가 그 생각의 사라짐과 함께 죽고, 다음 생각으로 다시 살아납니다. 따라서 순간 깨어 있어서, 다른 망상을 하지 말라는 것입니다. 그리고 자유로워지려면 먼저 죽어야 합니다. 과거로부터 '나'의 모든 생각으로부터 기꺼이 죽을 수 있어야 자유를 경험할 수 있습니다.

과거로부터 '나'의 모든 생각으로부터 기꺼이 죽을 수 있어야
자유를 경험할 수 있습니다.

갈무리 생각

찰나생 찰나멸(刹那生 刹那滅).

한 생각 일으키고 한 생각 사라지는 것, 이것이 윤회의 최소 단위일 것이다. 몸으로 말하자면 들숨과 날숨.《천수경》에 '늘 보리심을 지니면 가는 곳마다 극락세계'라고 했다. 윤회를 받아들이면서 마음 편하게 사는 비결이 여기에 있지 않겠는가. 우리와 같은 중생이 어찌 윤회를 끊을 수 있겠는가. 그것을 받아들이면서 행복하게 사는 비결을 찾아야지! 사랑하는 사람과 함께 있을 때, 사랑하는 일에 빠져 있을 때, 무언가 집중하고 몰입하고 있을 때는 누구나 행복할 것이다. 나는 그것을 '삼매가 주는 행복'이라고 부른다.

나는 젊은 시절에 소설을 쓰면서 하루를 넘긴 적이 있다. 전날 초저녁에 전등을 켜고 소설을 쓰기 시작했는데 다음 날 밝은 오후까지 전등을 켜고 있었다. 세끼를 잊어버린 것은 물론 화장실 가는 것까지 건너뛰었다. 평소에는 발현되지 않던 잠재능력으로 집필삼매에 빠져 있었던 것이다. 나만이 아니라 누구나 한 번쯤 경험했으리라고 믿는다.

꽃은 봄날의 은혜다

마중물 생각

　오래전 일이다. 돌아가신 박완서 선생님이 어느 해 봄날 내 산방에 오신 적이 있다. 선생님께서는 빈손으로 오시어 미안했던지 가방에서 책 한 권을 꺼내셨다. 산문집《꼴찌에게 보내는 갈채》였다. 서명을 한 뒤 쑥스럽게 내미셨다. 그 순간 나는 선생님의 얼굴에서 소녀의 모습을 보았다. 차를 마시면서 선생님이 전라도를 얼마나 사랑하는지도 알게 됐다. 선생님은 고향이 개성이지만 본향은 나주시 밑에 있는 '반남'이었다. 헤어지면서 마당에 있는 민들레꽃을 보시더니 반색했다. 호미를 들고 당신의 마당에 심어야겠다면서 흰 민들레꽃을 캤다. 민들레꽃을 보고 좋아하시는 선생님의 모습은 영락없는 봄날의 소녀 같았다. 문득 느슨했던 내 영혼의 세포가 살아나는 느낌이 들었다. 꽃이란 영혼과 소통하는 그 무엇이 아닐까 싶었던 것이다.

스님의 말씀과 침묵

\#

매화는 반개(半開)했을 때가, 벚꽃은 만개(滿開)했을 때가 가장 아름 답습니다. 또 복사꽃은 멀리서 바라볼 때가 환상적이고, 배꽃은 가까 이서 보아야 꽃의 자태를 자세히 알 수 있습니다. 매화는 반만 피었을 때 남은 여백의 운치가 있고, 벚꽃은 활짝 피어나야 여한이 없습니다. 반만 핀 벚꽃은 활짝 핀 벚꽃에 비해서 덜 아름답습니다. 복사꽃을 가 까이서 보면 비본질적인 요소 때문에 본질이 가려집니다. 봄날의 분 홍빛이 지닌 환상적인 분위기가 반감되고 맙니다. 이렇듯 복사꽃은 멀리서 보아야 분홍빛이 지닌 봄날의 환상적인 분위기를 누릴 수 있 고 배꽃은 가까이서 보아야 꽃이 지닌 맑음과 뚜렷한 윤곽을 느낄 수 가 있습니다.

\#

꽃에 대한 이러한 견해는 인간사에도 적용할 수 있습니다. 멀리 두고 그리워하는 사이가 좋을 때가 있고, 가끔씩 마주 앉아 회포를 풀어야 정다워지기도 합니다. 아무리 좋은 친구 사이라 할지라도 늘 함께 엉 켜 있으면 이내 시들기 마련입니다. 때로는 그립고 아쉬움이 받쳐주 어야 그 우정이 시들지 않습니다.

매화는 반만 피었을 때 남은 여백의 운치가 있고,
벚꽃은 활짝 피어나야 여한이 없습니다.

\#

높은 산 낮은 산 할 것 없이 산벚꽃이 장관을 이루고 있습니다. 늦은 봄부터 초여름에 이르는 이 계절에 산벚나무가 온 국토에서 찬란한 꽃을 피우고 있습니다. 산벚꽃을 볼 때 나무의 지혜를 생각하지 않을 수 없습니다. 또 자연의 조화와 신비 앞에 숙연해지기까지 합니다. 식물은 태어나면서부터 죽을 때까지 한자리에 붙박여서 살아가야 할 숙명을 지니고 있습니다. 자신의 위치에서 한 치도 옮겨갈 수 없기 때문에 꽃과 씨앗으로 자신의 공간을 넓힙니다. 꽃들은 벌들을 불러들여서 열매를 맺게 합니다. 새들을 불러들이기 위해서 그런 조화를 부리고 있는 것입니다. 새들은 그 버찌를 따 먹고 소화되지 않은 씨앗을 여기저기에 배설해놓습니다. 배설된 씨앗에서 튼 움이 온 산에 벚꽃을 피우게 됩니다. 여기에 자연의 조화와 신비가 있습니다. 이와 같은 식물의 지혜를 우리는 배울 수 있어야 합니다. 이 또한 봄날의 은혜라 할 만합니다.

갈무리 생각

베트남 출신의 고승이자 평화운동가인 틱낫한 스님은 달라이 라마와 함께 생불(生佛)로 꼽히는 지구촌의 '영적 스승'이다. 틱낫한 스님은 누구라도 꽃을 보면 미소를 짓게 된다고 말했다. 또한 꽃을 보고 미소 짓는 순간만은 부처가 된다고 했다. 꽃이 제 성품대로 미소를 짓고 있기 때문일 것이다. 유난히 수선화를 아끼셨던 법정스님의 마음을 조금은 알겠다. 불일암에는 스님께서 추사 김정희 유배지였던 제주도를 찾아가 그곳에서 얻어와 심은 수선화 몇 송이가 자라고 있다. 노란 수선화는 스님께서 입적하신 무렵이 되면 꽃을 피워 향기를 퍼트리곤 한다. 스님은 추사의 세한도에서 풍기는 묵향 같은 수선화의 혼을 사랑했던 분이셨던 것 같다.

사랑하고 또 사랑하고 용서하라

김수환 추기경을 추모하는 글

겨울을 나기 위해 잠시 남쪽 섬에 머물다가 강원도 오두막이 그리워 다시 산으로 돌아왔다. 그러고는 며칠 세상과 단절되어 지내다가, 어제서야 슬픈 소식을 듣고 갑자기 가슴이 먹먹하고 망연자실해졌다. 추기경님이 작년 여름부터 병상에 누워 계시다는 소식을 들었지만, 나 또한 병중이라 찾아뵙지 못하고 마음으로만 기도를 올리며 인편으로 안부를 주고받았었다. 그런데 이토록 허망하게 우리 곁을 떠나시다니! 십여 년 전 성북동 길상사가 개원하던 날, 그분은 흔쾌히 나의 초청을 받아들여 힘든 걸음을 하시고, 또 법당 안에서 축사까지 해주셨다. 그날의 가장 아름다운 모습이었다. 첫 만남의 자리에서도 농담과 유머로써 종교 간의 벽, 개인 간의 거리를 금방 허물어뜨렸다. 그 인간애와 감사함이 늘 내 마음속에 일렁이고 있다.

그리고 또 어느 해인가는 부처님 오신 날이 되었는데, 소식도 없이 갑

자기 절 마당 안으로 걸어 들어오셨다. 나와 나란히 앉아 연등 아래서 함께 음악회를 즐기기도 했었다. 인간의 추구는 영적인 온전함에 있다. 우리가 늘 기도하고 참회하는 이유도 거기에 있다. 깨어지고 부서진 영혼을 다시 온전한 하나로 회복시키는 것, 그것이 종교의 역할이다. 그 역할은 개인의 영역을 넘어 사회와 국가 전체, 전 인류 공동체로 확대된다. 우리가 만든 벽은 우리를 가둔다. 김수환 추기경님은 자신 안에서나 공동체 안에서나 그 벽을 허무는 데 일생을 바치신 분으로 내게 다가온다.

그분은 십자가의 성 요한이 말한 "모든 것을 소유하고자 하는 사람은 어떤 것도 소유하지 않아야 하며, 모든 것이 되고자 하는 사람은 어떤 것도 되지 않아야 한다"를 삶 속에 그대로 옮기신 분이다. 나와 만난 자리에서 그분은 "다시 태어나면 추기경 같은 직책은 맡고 싶지 않다. 그냥 평신도로서 살아가고 싶다"고 말한 적이 있다.

불교에서 말하는 '하심(下心)', 그리스도교에서 말하는 '마음이 가난한 사람'의 실천자임을 느낄 수 있었다. 하느님을 말하는 이가 있고, 하느님을 느끼게 하는 이가 있다. 하느님에 대해 한마디도 하지 않지만, 그 존재로써 지금 우리가 하느님과 함께 있음을 영혼으로 감지하게 하는 이가 있다. 우리는 지금 그러한 이를 잃은 슬픔에 젖어 있다. 그 빈자리가 너무나 크다. 그분이 그토록 사랑한 이 나라, 이 아름다운 터전에 아직도 개인 간, 종파 간, 정당 간에 미움과 싸움이 끊이지 않고 폭력과 살인이 아무렇지도 않게 저질러진다. 이러한 성인이 이 땅에 계시다가 떠났는데도 아직 하느님의 나라는 먼 것인가.

육체적으로나 정신적으로나 단순함에 이른 그분이 생애 마지막까지 우리에게 준 가르침도 그것이다. 더 단순해지고, 더 온전해져라. 사랑은 단순한 것이다. 단순함과 순수함을 잃어버릴 때 사랑은 불가능하다. 그분이 더없이 존경한 프란치스코 성인의 말씀이다.

"사람은 결코 나면서부터 단순한 것은 아니다. 자기라는 미로 속에서 긴 여로를 지나온 후에야 비로소 단순한 빛 속으로 나올 수 있는 것이다. 인간은 복잡한 존재이고 하느님은 단순한 존재이다. 그렇기 때문에 사람은 하느님께 가까워질수록 신앙과 희망과 사랑에 있어서 더욱더 단순하게 되어간다. 그래서 완전히 단순하게 될 때 사람은 하느님과 일치하게 되는 것이다."

지금 김수환 추기경님은 우리 곁을 떠나셨지만 우리들 마음속에서는 오래도록 살아 계실 것이다. 위대한 존재는 결코 사라지지 않는다. 우리가 그분의 평안을 빌기 전에, 그분이 이 무상한 육신을 벗은 후에도 우리의 영적 평안을 기원하고 있을 것이다. 그분은 지금 이 순간도 봄이 오는 이 대지의 숨결을 빌어 우리에게 귓속말로 말하고 있다.

"살아 있는 것은 다 행복하라. 사랑하고, 또 사랑하라. 그리고 용서하라."

더 단순해지고, 더 온전해지라.

갈무리 생각

　김수환 추기경님과 법정스님이 남긴 아름답고 거룩한 흔적이다. 종교 간의 벽을 조금도 찾아볼 수 없다. 다시는 이처럼 진실한 모습을 볼 수 없을 것 같으니 가신 그분들이 더욱 그립다. 김수환 추기경님은 법정스님의 산문집 《무소유》를 읽고는 "아무리 무소유를 말해도 이 책만큼은 소유하고 싶다"라고 말씀했다. 김수환 추기경님과 법정스님의 타 종교에 대한 인식은 이처럼 깊고 관대했다.

　법정스님과 가톨릭 신자인 어느 조각가와의 일화도 종교 간의 벽이 없음을 보여주고 있다. 서울 성북동 길상사 경내의 관세음보살상을 조각한 서울대 최종태 명예교수 이야기다. 최 교수는 한때 법정스님을 찾아다니며 불경공부를 했다. 그런데 해외여행 중 우연히 성경을 읽다가 크게 감동해 천주교 신자가 되고 말았다. 최 교수는 자신의 개종을 스님에게 고백했다. 그때 법정스님이 하신 말씀.

　"최 교수님, 비로소 '경(經)'에 눈이 열린 거지요. 그러니 내 덕 아니오?"

　이후 최 교수는 가톨릭미술가협회 회장을 지냈다. 그런데 그는 창작의 한계를 느낄 때마다 삼국시대 불상에서 영감 받아 기독교적인 작품을 조각했다. 사람들은 길상사 관음상에 마리아상의 이미지가 어려 있다고 말한다. 나는 거꾸로 그가 조각한 성당의 마리아상에 불상의 이미지가 스미어 있다고 본다. 그것이 더 정확한 평인지도 모른다. 그러나 최 교수는 호기심을 갖는 사람들에게 "땅에는 나라도, 종교도 따로따로 있지만 하늘로 가면 경계가 없다"고 말한 바 있다.

모든 만남은 생에 단 한 번이다

마중물 생각

　나는 무심코 별을 보는 버릇이 있다. 나와 별이 만나는 시간은 지구와 별의 거리에 따라서 달라질 터이다. 별빛이 광대무변한 허공을 지나 지구에 도달하는 시간이 몇만 년 혹은 몇억 년 걸리기 때문이다. 그러니 오늘 보는 별빛과 내일 보는 별빛은 같은 밝기의 빛이라도 나를 만나기 위해 달려온 시간은 다르다. 부처님은 새벽별을 보는 순간 홀연히 위없는 깨달음을 얻으셨다고 한다. 부처님에게는 얼마나 기쁘고 절절했던 순간의 해후였을까. 이야말로 수행자 싯다르타에서 부처님으로 거듭난 개벽이자 단 한 번뿐인 일기일회(一期一會)의 사건이 아니었을 것인가. 이후 부처님을 만난 다섯 명의 수행자가 "싯다르타 수행자여!" 하고 부르자 부처님은 "수행자들이여, 이제부터는 나를 여래라고 부르라"고 타일렀던 것이다.

스님의 말씀과 침묵

\#

소동파는 그의 〈적벽부(赤壁賦)〉에서 다음과 같이 말하고 있습니다.

저 강물 위의 맑은 바람과 산중의 밝은 달이여
귀로 들으니 소리가 되고 눈으로 보니 빛이 되는구나.
가지고자 해도 말릴 사람 없고 쓰고자 해도 다할 날이 없으니
이것은 천지자연의 무진장이로다.

맑은 바람과 밝은 달을 즐길 줄 아는 사람은 세상에 그리 흔치 않습니다. 또 맑은 바람과 밝은 달이 늘 있는 것도 아닙니다. 젊은 사람들은 그저 '또 달이 떴구나' 하고 생각할 것입니다. 요즘은 텔레비전을 통해 달을 봐서 그렇습니다. 그러나 나이 든 사람들은 저절로 '내 남은 평생에 둥근 달을 몇 번이나 볼까?' 그런 생각을 하게 됩니다.

한번 지나가버린 것은 다시 되돌아오지 않습니다. 그때그때 감사하게 누릴 수 있어야 합니다. 또 날은 기약할 수가 없습니다. 이다음 달에는 날이 흐리고 궂어서 보름달이 뜰지 말지 알 수가 없습니다. 달뿐만 아니라 모든 기회가 그렇습니다. 모든 것이 일기일회입니다. 모든 순간은 생에 단 한 번의 시간이며, 모든 만남은 생에 단 한 번의 인연입니다.

모든 순간은 생에 단 한 번의 시간이며, 모든 만남은 생에 단 한 번의 인연입니다.

강과 산은 본래 주인이 따로 없습니다. 그것을 보고 느끼면서 즐길 줄 아는 사람만이 바로 강과 산의 주인이 됩니다. 이와 같이 우리 주변에는 관심을 안으로 기울이면 우리들 사람을 보다 풍요롭게 하는 대상들이 무수히 많습니다. 그런데 눈을 밖으로만 팔기 때문에, 외부적인 상황이나 그 덫에 걸려서 나의 삶과 연결이 되지 않는 것입니다.

갈무리 생각

아래의 글은 《법정스님의 뒷모습》이나 《그대만의 꽃을 피워라》에서 고백했던 일화이다. 펴내는 책마다 반복하는 것은 그만큼 후회가 깊어서이다. 그날 스님을 이승에서 마지막으로 뵈었던 것이다. 불일암에서 하룻밤 머물렀어야 했는데 그날의 내 미숙과 불찰을 생각할 때 발등을 찍고 싶을 만큼 아쉽고 스님이 그립다.

스님께서 돌아가시기 전이었다. 강원도에서 불일암으로 내려오시어 내게 전화를 주셨다. 불일암으로 가서 뵈니 병색이 완연했다. 불일암은 사람들이 많이 찾아오니 불일암에 딸린 너와집 토굴 서전(西殿)으로 가자고 하셨다. 그때 하셨던 말씀 중에 잊히지 않는 것이 있다.

암자에서는 스님의 말에 귀 기울이지 말고 자연의 소리에 귀를 맡기라고 당부하셨다. 우리가 자연과 너무 오랫동안 격리돼 살아왔기 때문에 자연과 가까이하는 일이 세끼 밥 먹는 일보다 긴요하다고도 말씀하셨다. 푸른 대나무 숲이나 먼 조계산 자락을 보고 물소리 바람소리만 들어도 마음이 투명해지고 차분해질 거라며 그것이 바로 자기를 시들지 않게 하고 자기 속뜰을 가꾸는 일이라고 말씀하셨다.

서전을 나서는데 스님께서 불일암의 달을 보고 내려가라고 하셨다. 그런데 밤눈이 어두운 나는 내 산방인 이불재로 돌아가는 것이 부담스러워 해가 떨어지기 전에 서둘러 하산했다. 지금도 생각하면 후회가 된다. 일기일회인 것을!

"무염거사, 달 보고 가지 그래."

"스님, 이불재에도 달이 뜹니다."

"그렇군. 이불재에도 달이 뜨지."

예나 지금이나 밤눈뿐만 아니라 마음눈이 어두운 나다. 그날이 불일암에서 스님을 마지막으로 뵌 날일 줄 미처 몰랐기 때문이다.

나를 기준으로 삼지 말라

마중물 생각

나를 놓아버리면 무아에 도달할 수 있을 것이다.

그리하면 내 삶을 순간순간 '바르고 완전하게 보기'가 가능해져

내 삶이 단순하고 투명해질 터이다.

그런데 나를 놓아버리는 무아를 체험하려면 어떻게 해야 할까?

스님의 말씀과 침묵

\#

인간의 가장 큰 병은 자신을 기준으로 삼는 데 있습니다. 여기서 미움이 싹트고, 전쟁이 일어나고, 무차별적인 환경파괴가 일어납니다. 나를 기준으로 하기 때문에 원망이 생겨나고, 나를 기준으로 삼기 때문에 욕망의 좌절이 찾아옵니다. 나의 기준이 모든 번뇌의 원인임을 바

로 알아야 합니다.

우리는 언제나 고통을 불러오는 원인을 만들고 있습니다. 고통을 부르는 가장 큰 원인은 무엇입니까? 모든 것을 나를 기준으로 판단하고 해석하는 것입니다. 예를 들어, 나의 육체를 포함해 모든 것은 변화합니다. 그러나 나는 그 변화를 원치 않습니다. 모든 것은 무상합니다. 그러나 나는 영원히 살기를 원합니다.

부처님이 강조한 '무아(無我)'란 바로 자신을 기준으로 삼지 말라는 것입니다. 나를 기준으로 삼지 않는 것이 '바르게' 보는 것이며, 사물을 있는 그대로 보는 것입니다. '나'가 말하고 생각하는 것을 멈춘다면 '바르고 완전하게 보기' 시작할 것입니다. 그것이 지금 이 자리의 진리를 발견하는 길입니다. 그런 경험들을 하지 않습니까? 생각이 많을 때는 버스를 타고 한참을 가도 바깥의 풍경을 제대로 볼 수 없습니다. 눈은 뜨고 있지만 망막에 상이 그려질 뿐 실제로는 보고 있지 않습니다. 마음이 복잡하면 눈앞의 실체를 볼 수 없습니다.

갈무리 생각

혜암스님을 뵙고 장시간 인터뷰를 한 적이 있다. 스님께서 입적하기 전 마지막 인터뷰였다. 혜암스님의 말씀 중 대중에게 잘 알려진 것 중 하나는 '공부하다 죽어라'이다. 그때 나는 그 말씀을 내 식대로 받아들였다. 무슨 일을 하든지 지금 자기가 집중하고 있는 일에 나라는 존재가 사라질 때까지 녹아들라는 뜻으로 소화했다. 회사원이든, 공무원이든, 학생이든, 사랑을 하는 남녀이든 모두가 서 있는 그 자리에서 무아를 체험할 수 있는 방편의 말씀이었다. 이는 내 나름대로의 깨달음이었다. '내가 사라짐'이 바로 무아의 체험이라는 자각이었다. 무슨 일을 하든지 무아를 체험할 수 있을 만큼 온몸을 다 바친다면 그것이 바로 수행이고 행복이 아닐까 싶었다. 지금 하는 일이 자기를 위하고 남을 위하는 일이라면 복덕까지 쌓는 일이니 얼마나 더없는 행복이고 정진인가!

혜암스님의 말씀 중에 또 하나 잊히지 않는 것이 있다. 스님은 남의 것(지식)을 외워 말하지 말고, 내 것(지혜)을 내놓고 말하라고 강조하셨다. 스님은 다른 스님들처럼 옛 고승의 선어록을 즐겨 꺼내지 않으셨다. 옛 고승의 법어를 당신의 것인 양 내세우지 않고 당신의 것만 분명하고 단호하게 말씀하셨다. 스님의 매력은 '단순과 천진'이었다. 북한에 대한 원조를 두고 우리 국민 간에 갈등이 심하다고 하면서 해법을 묻자 다음과 같이 말씀하셨다.

"도와야 합니다. 가난한 북한을 돕는 일은 복 짓는 일입니다. 복 지을 기회를 준 북한에게 오히려 우리가 고마워해야 합니다."

종교인이면서도 갈등과 대결을 부추기는 사람들이 혜암스님의 말씀을 이해할 수 있을지 모르겠다.

나를 기준으로 삼지 않는 것이 '바르게' 보는 것이며,
사물을 있는 그대로 보는 것입니다.

수평적인 자비, 수직적인 사랑

마중물 생각

오늘은 박쥐에 대한 편견 내지는 오해를 풀어주고 싶다. 미물을 사랑하거나 자비를 베푸는 이야기는 아니지만 사람들에게 공포의 대상인 박쥐가 억울하다는 생각이 들어서다.

아침에 일어나 보니 현관 모기창틀에 아기박쥐 한 마리가 매미처럼 붙어 있다. 며칠 전 창틀에 끼어 있어 신발장 위로 옮겨주었던 녀석이다. 녀석은 먹이를 찾아 요령 있게 움직이는 것이 서툰 듯하다.

아내는 박쥐를 보고 기겁을 한다. 아마도 외국 공포영화나 외국 추리소설에서 음산한 분위기를 유도하는 박쥐 떼가 연상돼 그런 것 같다. 그러나 그것은 박쥐에 대한 심각한 오해다. 박쥐는 인간에게 이로움을 주는 족속이다. 우리 전통문화 가구인 이층장이나 반닫이를 보면 박쥐 문양이 있다. 우리 선조들은 박쥐를 상서롭게 여겼다는 방증이다.

내 산방인 이불재에도 박쥐가 들락거린다. 녀석들은 밤에 활동하면서 이불재의 파리나 모기를 잡아먹으며 산다. 그래서 나는 에프킬라 같은 살충제를 써본 적이 없다. 파리가 몇 마리 나타났다가도 하룻밤 지나고 나면 사라지고 없다. 녀석들이 끼니로 해결한 것이다. 녀석들은 먹이가 사라지면 외박을 나갔다가 다시 돌아온다. 그러니 박쥐는 내 산방에서 동거한 지 오래된 식구이다.

스님의 말씀과 침묵

#

불교에서 말하는 생명은 사람뿐이 아닙니다. 일체중생입니다. 서양의 종교와 동양의 종교가 크게 다른 점은 이것입니다. 서양은 인간 중심입니다. 모든 생물은 사람을 위해서 만들어진 종속물로 이해되고 있습니다. 그러나 동양의 사상은 생명은 다 같다고 말하고 있습니다. 사람을 위해서 모든 생명이 존재하는 것이 아니라, 사람도 많은 생명 가운데 하나라는 것입니다. 사람이 기준이 아니라 생명이 기준입니다. 이것은 수평적인 자비이고, 서양은 인간 본위의 수직적인 사랑입니다. 서양은 인간 본위이고 동양은 생명 본위입니다. 오만한 인간들이 저지른 일들의 결과가 오늘날과 같은 혼란을 초래한 것입니다.

우리가 산목숨을 해치게 되면 자신도 모르게 '살기'가 생깁니다. 하다 못해 파리나 모기를 잡을 때에도 무심코 잡지만 살기가 동합니다. 그

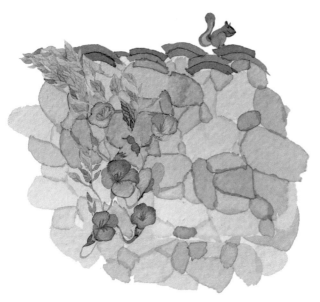

생명의 원리를 알게 되면 저절로 자비심이 우러납니다.

렇기 때문에 산목숨을 해치면 우리 심성 가운데 본래부터 갖춰진 자비의 씨앗, 사랑의 씨앗이 소멸되어버립니다. 아프리카의 성자로 불리는 슈바이처 박사는 다음과 같은 말을 했습니다.

"나는 나무에서 잎사귀 하나라도 의미 없이는 따지 않는다. 한 포기의 풀꽃도 꺾지 않는다. 벌레도 밟지 않으려고 노력한다. 여름밤 램프 밑에서 일을 할 때, 많은 날벌레들이 날개가 타서 떨어지는 것을 보는 것보다는, 차라리 창문을 닫고 무더운 공기를 호흡한다."

이분은 보살계를 받은 불자도 아닙니다. 생명의 원리를 알게 되면 저절로 이런 자비심이 우러납니다. 그가 종교를 가졌든 갖지 않았든, 어떤 일에 종사하든 간에, 생명의 원리를 안다면 저절로 이런 자비심에 접근하게 됩니다.

갈무리 생각

전남대 의대를 정년퇴직한 미생물학자 정선식 박사는 나를 자주 놀라게 한다. 프랑스 유학 시절에 구해 온 아코디언 연주 실력도 그렇고, 하모니카를 300여 개나 가지고 있는 마니아라는 점도 그렇다. 한국인답지 않게 노래방 가기를 꺼려 하는 나이기에 정 박사가 부럽다.

그가 비브리오 패혈증균을 최초로 발견한 학자라는 사실도 나를 놀라게 한다. 그런데 나를 더 놀라게 하는 것은 그가 생명의 가치를 얘기할 때는 의학자가 아니라 종교적인 겸손한 사람으로 바뀌어 있다는 사실이다. 의학자들은 병균을 죽이는 항생제를 한때는 전지전능한 '마법의 탄환'이라고 불렀다고 한다. 그런데 일부 균은 항생제의 강력한 공격에도 살아남았고 내성이 키워진 균의 독성은 치명적이 되었다고 알려져 있다. 그래서 정 박사는 프랑스에서 귀국한 이후부터 30년째 균을 죽이기보다는 균을 달래서 독성을 순화하여 공생하는 쪽으로 연구를 하게 됐다고 한다. 그러는 동안 해로운 균이나 이로운 균이나 생명의 가치는 같다는 사실을 깨달았다는 것이다.

정 박사의 얘기에 의하면 현재까지 우리 입속에서 발견된 미생물은 750여 종이란다. 경이롭게도 입속의 미생물은 자기 자리에서 옆 공간을 탐하지 않고 조화롭게 산다고 한다. 현미경으로만 볼 수 있는 작은 미생물도 상생의 공동체를 이루고 있다는 것이다. 만물의 영장이라는 우리 인간은 왜 그러지 못한지 불가사의하다. 정 박사의 의학적인 연구도 인간 중심의 서양적인 태도에서 출발하여 모든 생명을 중시하는 동양적인 데로 옮아왔다고 해도 과언이 아닐 것 같다.

이웃은 내 복을 일구는 밭이다

마중물 생각

내가 사는 산중에서 지구 반대편의 소식을 듣고 눈물을 흘린 적이 있다. 난민을 태운 배가 전복되어 난민 소년이 바닷가까지 떠밀려와 거북이처럼 죽어 있는 사진이었다. 공간적으로 멀리 떨어져 있지만 지구 반대편의 소년과 내가 서로 연결되어 있다는 방증이 아닐까. 내 산방을 찾아온 손님들이 내가 '음풍농월(吟風弄月)'의 시간을 보내고 있는 줄 알고 더러 묻는데, 그때마다 나는 할 말이 없어진다. 도시생활을 청산하고 산중에 들어와 살고 있는 것은 남은 인생을 더 치열하게 살고 싶어서이지 낭만적인 산중생활을 위해서가 아닌 것이다.

스님의 말씀과 침묵

\#

사람은 혼자 사는 존재가 아닙니다. 시간적, 공간적으로 떨어져 있다고 해서 혼자일 수 없습니다. 각자 개별적인 환경에 있으면서도 사람은 사회적인 존재입니다. 저는 늘 그 도리를 의식합니다. 외떨어져 살지만 다 얽혀 있습니다. 이래서 사람입니다. 서로 의지해야 사람이 됩니다. 서로 기대고 받쳐주고 있습니다. 인간(人間)이라는 말은 사람과 사람 사이의 관계를 말하는 것입니다. 이웃과 정을 나눌 수 있어야 사람이 됩니다. 만족도 고마움도 느끼지 못하는 소비문화 속에서 사는 현대인들은 얼마나 비정합니까? 우리들 자신이 그렇습니다. 매우 건조합니다. 아무리 사들여도 끝이 없습니다. 만족이 없고 고마움이 없습니다.

제가 좋아하는 영어 문장에 'One for All, All for One'이라는 말이 있습니다. 한 사람은 모두를 위하고, 모두는 한 사람을 위한다는 뜻입니다. 같은 의미로《화엄경》법성게에 '일즉일체 다즉일(一卽一切 多卽一)' 이라는 말이 있습니다. 하나가 곧 전체이고 전체가 곧 하나라는 가르침입니다. 한 사람은 모두를 위하고, 모두는 한 사람을 위하는 사람이 되어야 합니다. 그것이 곧 진정한 깨달음이고 진리의 세계입니다.

중생이 없으면 부처도 보살도 없습니다. 중생이 없으면 부처와 보살은 할 일이 없습니다. 할 일이 없으면 존재의 의미가 없습니다. 이웃은 내 복을 일구는 밭입니다. 귀찮은 존재라고 생각하지 마십시오.

만나는 이웃뿐만 아니라 그것이 바위가 됐든, 새가 됐든, 짐승이 됐든 우리가 만난다는 것은 매우 중요한 일입니다. 만남의 의미를 뜻있게 지니려면 보다 친절하고 따뜻하게 대해야 합니다. 저는 새벽예불 끝에, 제가 그렇게 살지 못하기 때문에 늘 다짐을 합니다.

"만나는 사람마다 보다 친절하고 따뜻하게 대하겠습니다."

스스로 그렇게 다짐하면 마음 밭에 씨가 뿌려져서 자발적으로 그렇게 될 수 있습니다.

갈무리 생각

나 역시 《화엄경》 법성게의 '일즉일체 다즉일'이란 참으로 깨달은 이만이 절감하는 말이라고 생각한다. 진리의 가르침 중에 하나라고 믿는다. 나는 여행을 하면서 꼭 이 말을 동행하는 지인들에게 들려주어 왔다. '한 사람은 전체이고, 전체는 한 사람'이다. 이것이야말로 최상의 동행이 아닐 것인가. 서로 간에 친절하고 너그러워지면 그 도리가 가능하다는 것을 경험하곤 했다. 여행을 마음껏 즐기면서 마치 행선(行禪)하듯 《화엄경》 법성게의 한 구절을 스스로 '아! 이것이 일즉일체 다즉일이구나' 하고 깨달으니 여행의 기쁨은 배가될 수밖에 없었던 것이다.

"만나는 사람마다 보다 친절하고 따뜻하게 대하겠습니다."
스스로 그렇게 다짐하면 마음 밭에 씨가 뿌려져서 자발적으로 그렇게 될 수 있습니다.

자살은 수치스러운 일이다

마중물 생각

자살을 예방하기 위해 생명존엄운동을 펼치고 있다는 시민사회운동가에게 내가 써준 '생명존엄선언문'의 초안은 다음과 같았다.

'세상의 모든 생명은 한 뿌리다. 나와 이웃은 한 뿌리의 이파리들이다. 한 이파리가 불행하면 다른 이파리도 불행하게 된다. 이것이 내가 행복해야 할 이유이다. 따라서 나에게는 하나밖에 없는 내 생명을 지켜야 할 의무가 있다. 내 삶이 행복해야 더불어 이웃의 삶도 행복해지기 때문이다.

나는 세상과 함께 존재하고, 세상은 내가 있으므로 존재한다. 내가 없으면 세상도 사라진다. 이것이 내가 세상의 주인공이 되는 이치이다. 따라서 나에게는 하나밖에 없는 나를 주인공으로 살게 하도록 노력할 의무가 있다. 내가 주인공으로 살아야만 내 자리와 둘레가 참다워지기 때문이다. (하략)'

나를 찾아온 그 시민사회운동가 분이 지금 어떻게 활동하고 있는

지는 모르겠다. 부디 성과가 있기를 바랄 뿐이다.

스님의 말씀과 침묵

\#

스스로 목숨을 끊는 사람들이 많습니다. 자신의 고뇌를 이기지 못해 오늘도 죽는 사람들이 많습니다. 목숨처럼 귀하고 소중한 것이 어디 있습니까? 단 하나뿐이고 다시 되돌릴 수 없는 일회적인 것입니다. 그런 목숨을 우리는 너무도 소홀히 여기고 있습니다. 이 순간에도 병원에서 사경을 헤매며 단 몇 분만이라도 더 생명을 유지하기 위해 산소 호흡기를 떼지 못하는 환자들이 있습니다. 그러한 환자의 가족들은 또 얼마나 가슴 졸이면서 그가 단 몇 분이라도 더 살기를 바라겠습니까?

이런 존엄한 목숨을 너무 손쉽게 포기하고 있다는 사실이 안타깝습니다. 자기 혼자만을 위해 살거나 죽는 것은 더 따질 것도 없이 수치스러운 일입니다. 결코 자랑스러운 일이 아닙니다. 개인적인 이유가 무엇이든, 자기 혼자만을 생각하고 스스로 목숨을 내던진다는 것은 참으로 부끄러운 일입니다.

사람은 혼자 사는 존재가 아닙니다. 시간적으로 공간적으로 설령 떨어져 지낸다 하더라도 그는 가족과 친구, 수많은 이웃들과 함께 삶의

나는 아무것도 원하지 않는다. 나는 아무것도 두려워하지 않는다.
나는 자유다.

흐름을 이루고 있습니다. 자신이 원하든 원치 않든 그 대열에서 자기 감정대로 이탈하는 것은 결코 명예스러운 일이 아닙니다.

자살은 자신의 목숨을 손으로 끊는 자해행위입니다. 스스로 자기를 해치는 행위입니다. 그렇기 때문에 스스로 자신을 해친 자해의 업을 짊어지고 다음 생으로 건너갑니다. 윤회의 사슬 같은 것입니다. 윤회의 고통이 따릅니다. 그런데 그 고통에 스스로 자신 목숨을 끊는 자해의 업을 하나 더 추가하는 것입니다.

우리들이 보고 듣고 말하고 생각하고 행동하는 것은 곧 업이 됩니다. 우리 마음속에 그와 같은 씨앗이 뿌려지는 것입니다. 그 씨앗이 어떤 상황을 만나면 예상하지 못한 결과를 낳습니다. 모든 행위는 일회적으로 끝나지 않고 업이 됩니다. 말이 씨가 된다고 하지 않습니까? 인과관계의 배후에는 반드시 업이 작용하고 있습니다. 착한 업이든 착하지 않은 업이든 인과관계의 고리를 업이 이루고 있는 것입니다.

업은 그 파장이 있기 때문에 결코 단 한 번으로 끝나지 않습니다. 관성의 법칙처럼 습관화됩니다. 그래서 업력이 되고 업장으로 굳어집니다. 결코 한두 번으로 종결되지 않습니다.

갈무리 생각

인생 공부 몇십 년 동안 미흡하나마 자각한 것이 있다면 길 끝나는 곳에 반드시 또 다른 길이 있다는 사실이다. 그렇다. 길이 끝나면 눈에 보이지 않은 길이 또 있는 것이다. '길 없는 길'과 같은 말이다. 길이 끝났다고 생각하는 지점에서 세상과 자신을 사무치게 꿰뚫어 본다면 또 다른 길을 발견할 수 있다. 죽음을 끝이라고 생각하는 것은 자기주장이고 착각일 뿐이다. 또 다른 삶이 분명 기다리고 있는 것이다.

최근에 연예인들의 자살이 가끔 신문지상에 기사화되고 있는데, 어떤 죽음을 미화시키는 것 같아 끔찍한 생각이 든다. 죽을 만큼 힘든 장애가 있더라도 그 벽을 넘어야 한다. 그 벽만 넘어서면 걸림 없는 허공이 아닌가.

내 문학의 스승이신 홍기삼 박사님 희수(喜壽) 때 제자 몇 명이서 은사님을 모시고 그리스 크레타 섬을 찾아가 《그리스인 조르바》의 저자 카잔차키스의 무덤을 참배한 일이 있다. 카잔차키스라고 해서 어찌 절망이 없었을 것인가. 카잔차키스의 묘비명이 잊히지 않는다.

나는 아무것도 원하지 않는다.
나는 아무것도 두려워하지 않는다.
나는 자유다.

카잔차키스는 신산한 삶의 질곡 속에서 오직 글만 썼을 뿐 아무것도 원하지 않았고, 아무것도 두려워하지 않았기 때문에 조르바처럼 자유인으로 살았던 것은 아닐까.

어머니 힘으로 세상이 바뀐다

마중물 생각

링컨은 '내가 성공을 했다면, 오직 천사와 같은 어머니의 덕이다'라고 말했다. 독일 소설가 장 파울은 '어머니는 우리 마음속에 얼을 주고 아버지는 빛을 준다'는 말을 남겼다. 그래서 셰익스피어는 '여자는 약하나, 어머니는 강하다'라고 했을 것이다. 여기서 더 나아가 유대인들은 '신은 모든 곳에 있을 수 없기에 어머니를 만들었다'라고 말한다. 어머니가 한 가정에서만큼은 '신의 분신'이라는 뜻이다.

서울에서 남도산중으로 낙향한 이후 아내가 새벽마다 아래 절에 내려가서 20여 년째 기도하듯, 나는 매일 아침마다 어머니에게 전화로 문안인사를 한다. 어머니가 친구들이 많은 광주에 사시기 때문이다. 물론 폐암으로 돌아가신 아버지가 요양차 내 산방에 와서 몇 달간 계시는 동안 어머니도 함께 간병하셨으니 그때만 빼고 말이다. 올해 92세의 어머니는 내 전화를 받고 나서야 하루 일과를 시작하신다고 한다. 어머니와 24세 차이인 나도 마찬가지다. 어머니는 전화 통화 말미에 늘 당부하신다.

"내 아들아, 오늘도 니들 부부에게 좋은 일만 생겨라."

"어머니, 오늘도 즐겁고 건강하세요."

어머니와 내가 한 생명이라는 것을 절감하는 순간이므로 마음이 투명해진다. 어머니가 살아 계시는 사실만으로도 내게는 커다란 축복이고, 비로소 나의 하루가 싱그럽게 문을 여는 것 같은 느낌이 든다.

스님의 말씀과 침묵

\#

한 생명의 출생에는 어머니의 희생이 따릅니다. 인간이든 미물이든 모든 생명체는 어머니를 거쳐서 이 세상에 나옵니다. 그러므로 생명의 뿌리는 어머니입니다.

생명의 근원인 모성은 누구보다도 생명이 귀하고 소중함을 압니다. 어머니는 우주의 생명력을 사랑으로 빚어서 탄생시킨 창조주입니다. 누구도 어머니의 역할을 대신할 수 없습니다. 이와 같은 창조의 능력을 지닌 어머니의 힘으로 세상을 따뜻하고 아름답게 가꾸는 일도 바로 어머니의 몫입니다.

저는 얼마 전에 벽제 화장터에 다녀왔습니다. 연습 삼아서, 언젠가 나도 그곳으로 갈 테니까 한번 가보았습니다. 제가 그곳에 갔을 때 웬

젊은 여자가 온 화장터가 떠나가도록 통곡을 하고 있었습니다. 알아봤더니 2개월 된 아이가 죽었답니다. 아이가 잠자다가 엎어져서 질식사했다는 것입니다. 그래서 아이 엄마가 통곡을 하는데, 저도 다른 때는 울지 않건만 그 통곡 소리를 들으니까 저절로 눈물이 났습니다. 어른의 경우는 넉넉잡아 두 시간이면 다 탄다고 합니다. 그러나 2개월 된 아이는 30분쯤 돼서 나오는데 뼈도 얼마 되지 않았습니다. 한 생명이 탄생해서 채 피어나지도 않고 죽는다는 것은 흔히 있는 일이 아닙니다.

한 여성이 처음부터 어머니가 되는 것은 아닙니다. 그냥 한 사람의 여성이었지만, 자식을 낳아 기르는 동안 애간장을 태우며 밤잠을 못 자고 참고 다독거리면서, 하루하루 어머니가 되어가는 것입니다. 갑자기 어머니가 되는 사람은 없습니다. 평범한 여성이 자식을 통해서 어머니가 되어갑니다.

이와 같은 어머니 밑에서 부처님 같은 성인도 나오고, 카드빚을 갚기 위해 무고한 사람을 잔인하게 살해하는 살인자도 나옵니다. 어떤 환경에서 자랐는가, 어떤 어머니의 사랑을 받고 자랐는가, 어떤 관심을 받고 살았는가에 따라 다릅니다. 따라서 어머니에게는 무거운 책임이 있습니다. 자식을 낳을 때 세상에 대한 책임도 동시에 져야 합니다.

어머니는 우주의 생명력을 사랑으로 빚어서 탄생시킨 창조주입니다.

갈무리 생각

산중은 한 폭의 수월관음도(樹月觀音圖)다. 초저녁에 어머니처럼 자애로운 달을 보는 것만으로 행복하다. 이제 차마 철부지처럼 달에게 무얼 빌지는 못하겠다. 내 인생도 한 갑자(甲子)를 지나왔다. 많이 늦었지만 밝은 달의 수고를 생각해본다. 너의 자리에서 네 몫만큼 스스로 빛났던 네가 나의 달이었듯 이제는 내가 너의 달일 것 같다. 남루하고 초라할망정! 그러나 나에게 이 세상 모든 유무정들에게 빚 갚을 날이 아직 남아 있다는 사실이, 지금 이 순간 살아 있다는 것이 고맙다.

내가 이 세상에서 가장 큰 빚을 진 분이 있다면 누구일까? 두말할 것도 없이 어머니이다. 어린 시절 내가 철없이 거짓말을 할 때 아버지는 회초리를 들었지만 어머니는 "쟤는 거짓말할 이유가 있었을 것이다"라고 내 편이 되어 말하셨다. 내 나이 육십 대 후반, 중늙은이가 된 지금도 마찬가지다. 어머니는 나의 영원한 변호인이시다. 금생은 물론 내생에 가서서도 내 편이 되어 나를 지옥 끝까지 따라오시어 염라대왕에게 무료 변론을 해주실 것만 같다. 어머니의 은혜가 이와 같으니 어찌 큰 빚을 졌다고 하지 않을 수 있을까. 아마도 내 인생이 다할 때까지, 지구별이 사라질 때까지도 어머니 은혜를 다 갚지 못할 것이 분명하다.

인생을 영원히 사는 법

마중물 생각

나는 누구인가? 가장 분명한 것은 권력도 없고 경제적인 부를 누리고 사는 사람도 아니라는 점이다. 고백하건대 누가 알아주건 알아주지 않건 간에 평생 글을 쓰고 살아갈 작가라는 것이 나의 정체성일 터이다. 아내는 가끔 남을 도와주고 싶은데, 말하자면 내가 사는 산중의 중학교에 장학금도 내놓고 살고 싶은데 그러지 못해 안타까워한다. 법정스님의 말씀처럼 이웃을 돕는 삶이 영원히 사는 비결일 것이다. 선인선과라는 인과의 법칙을 떠나서도, 시골 산중에서는 덕(德)을 베푼 한 사람의 칭송은 대를 잇는다. 누구네 어른의 자식이라는 말이 그것이다. 화투놀음 같은 도박을 하여 욕을 먹어도 대를 잇는다. 그래서 밤중에 도시로 떠나는 산중농부도 있다. 엊그제는 산중마을 농부이장이 찾아와서 신간을 서명해 선물했다. 그랬더니 중학교 시절에는 황순원과 이광수 등의 소설이 꽂힌 학급문고를 전부 다 읽었다며 좋아했다. 산중농부에게 책을 선물하는 것도 내가 베풀 수 있는

자기 자신밖에 모르는 인생은 자기 자신에서 끝이 납니다.
이웃과 함께하는 인생은 이웃과 함께 영원히 삽니다.

나만의 덕이 아닐까도 싶다.

스님의 말씀과 침묵

\#

물질과 거창한 법문으로만 나누어 갖는 것이 아닙니다. 친절하고 따뜻한 마음만 기울이면 얼마든지 이웃과 나누어 가질 수 있습니다.

저 자신이 목격한 일입니다. 지리산 자락에 한 이상한 노인이 살았습니다. 환갑이 넘은 노인이 욕심 사납게 누가 뭘 버리려고 하면 다 자기를 달라고 했습니다. 노인은 깨진 그릇이든, 옷가지든, 농기구든, 주는 대로 다 긁어모았습니다. 사람들은 저런 걸 가져다 무엇에 쓰려고 욕심을 부리는가 하고 의구심을 가졌습니다.

노인은 혼자 살았습니다. 그런데 집 뒤에 조그마한 선반을 만들어놓고 얻어 온 물건들 중 망가진 것은 고치고, 해진 옷은 깨끗이 빨아서 기운 뒤 사람들이 쓸 수 있도록 선반에 올려놓았습니다. 그러고는 자기 집에 드나드는 사람들에게 아무거나 다 가져가라고 했습니다.

남을 돕는 것은 돈만으로 하는 것이 아닙니다. 자기가 마음만 내면 얼마든지 노력해서 할 수 있습니다. 이것이 보살행입니다. 보살이라는 이름 없이 보살행을 하는 것입니다.

최근에 들은 이야기입니다. 연말이 되면 자선냄비가 나타나지 않습니까? 그런데 그 자선냄비 옆으로 한 스님이 와서 곁에다 시주함을 놓고 종일 목탁을 치더랍니다. 자선냄비 사람들은 말은 못 하고 영 불쾌하게 여겼습니다. 그런데 해가 질 무렵, 스님이 주섬주섬 정리하는가 싶더니 자기 시주함에서 돈을 모두 꺼내어 자선냄비에 넣어놓고 가더랍니다.

한 생각 일으키면 누구든지 다 그렇게 할 수 있습니다. 자기 것이 많아서만 이웃을 돕는 것이 아닙니다. 하루 한 가지라도 이웃에게 착한 일을 한다면, 그날 하루는 헛되이 살지 않고 잘 산 날입니다. 우리가 하루하루 산다는 것은 우리에게 주어진 목숨의 신비가 그만큼 닳아진다는 것입니다. 그 소모되는 생명의 신비를 어떻게 쓰는가에 따라서 인생의 가치가 달라집니다. 자기 자신밖에 모르는 인생은 자기 자신에서 끝이 납니다. 이웃과 함께하는 인생은 이웃과 함께 영원히 삽니다.

갈무리 생각

서울이나 부산 등에서 가끔 손님들이 찾아온다. 나는 주로 내가 쓴 책을 선물하거나 손님들의 이야기를 들어주면서 차 한 잔을 우려준다. 엊그제도 야당 대표를 지낸 정치인이 찾아와 차를 마시고 갔다. 전화 통화할 일이 있어서 팔순이 되어가는 은사님에게 말했더니 나에게 뭔가 지혜를 구할 일이 있어서 그럴 것이라고 짐작하셨다. 그러나 나에게 무슨 지혜를 얻을 수 있을까. 내가 해준 것은 손님의 이야기를 들어주고 차를 우려준 것밖에 없는 듯하다. 그 정치인뿐만이 아니다. 평범한 직장인부터 수녀님, 영화감독, 교수, 사업가, 검사, 변호사, 수행자 등등 직업도 천차만별이다. 내가 어찌 경험해보지 않은 그 손님들의 세계를 다 알 수 있을 것인가. 가만히 생각해보니 차를 우려주며 그들의 이야기를 들어주는 것도 소중한 일이 아닐까 싶다. 향기로운 차 한 잔 권하고 손님이 화자(話者)일 때 내가 청자(聽者)가 되는 것이 설령 영원히 사는 길은 아니라도 남은 생을 그런대로 괜찮게 사는 일이 아닌지 모르겠다.

자비심이 부처이다

마중물 생각

사람은 왜 분노하는 것일까. 지난 2월에 인도를 다녀온 일이 있다. 버스를 타고 이동하는 시간이 길어지면 우리는 각자가 경험한, 혹은 공부한 바를 이야기하는 시간을 갖곤 했다. 한문을 가르치는 한 분에게《맹자》를 청했더니《맹자》의 핵심은 인(仁)과 의(義)라고 했다. 인은 측은지심이고 의는 부정한 것을 잘라버리는 것이라고 설명하는 대목이 귀에 들어왔다. 나는 진행자로서 그의 얘기가 끝났을 때 마이크를 잡고 인과 의는 불교의 자비(慈悲)와 같다고 보충 설명해주었다. 자(慈)는 인과 같고, 비(悲)는 의와 같다고 설명했던 것이다. 사람들은 흔히 자와 비를 같은 개념, 즉 연민이나 사랑으로 보지만 사실은 비(悲) 자를 파자하면 비(非)+심(心) 자로서 '아니라고 하는 마음'인 것이다.

스님의 말씀과 침묵

\#

이 어지러운 세상, 이 삭막한 세상, 이 무서운 세상은 그 어떤 힘으로 노 구할 길이 없습니다. 자비심만이, 사랑만이 우리들 자신을 일으켜 세우고 이웃을 구하고 세상을 보다 밝게 할 수 있습니다. 모든 종교들 이 한결같이 말합니다. 사랑에 의해서, 자비에 의해서 스스로도 구원 받고 이웃도 구원할 수 있다고.

핵무기로 세상을 제압할 수 있는 것은 결코 아닙니다. 오늘날 핵보유 국들이 이 지구 생명체를 위협하고 있는 그 오만함은 전체를 내다보 지 못한 결과입니다. 핵무기가 있다고 잘난 체하는 것은 무지의 소산 입니다. 무명이, 무지가 생사윤회의 근원입니다.

내가 살 만큼 살다가 작별할 때 한 생애에서 남는 것은 과연 무엇일 까? 가끔 저도 그런 생각을 합니다. 그것은 본인에 의해서가 아니라 남은 사람들에 의해서 평가될 것입니다. 생전에 그가 얼마나 많은 존 재들에게 또는 세상에 자비심을 베풀었는가, 선행을 했는가, 덕행을 쌓았는가를 놓고 평가됩니다. 관에 못을 박아봐야 안다고 하지 않습 니까?

"결국 우리는 생의 마지막 순간에 이르렀을 때 얼마나 사랑했는가를 놓고 심판받을 것이다."

알베르 카뮈의 말입니다.

이 세상은 함께 어울려 사는 곳이기 때문에
서로가 상대방을 배려해야 합니다.

우리들은 이 세상을 함께 살고 있습니다. 나 혼자만 사는 세상이 아닙니다. 나 자신이 선하게 살면 남에게 그 덕을 나눕니다. 나 자신이 선하게 살지 못할 때는 남에게 근심, 걱정, 피해를 끼칩니다. 세상 돌아가는 모습을 보십시오. 남을 의식하지 않고 저마다 자기밖에 모르기 때문에 세상이 이렇게 혼란스럽습니다. 자기 혼자 살아가는 세상이라면 자기밖에 몰라도 상관없겠지만, 이 세상은 함께 어울려 사는 곳이기 때문에 서로가 상대방을 배려해야 합니다. 자기밖에 모르는 삶은 바람직한 삶이 아닙니다.

결국 한 생애에서 무엇이 남습니까? 얼마만큼 사랑했는가, 얼마만큼 베풀고 나누었는가, 그것만이 계산으로 남습니다. 그 밖의 것은 다 허무하고 무상합니다. 아무것도 가져갈 수 없습니다.

자비심이 여래(부처)라는 말을 명심하시기 바랍니다. 그리고 나 자신이 어디서 왔는지, 무엇을 위해 이 세상에 왔는지 거듭거듭 물을 수 있어야 합니다. 이런 물음을 지니고 있으면 결코 헛된 길을 밟지 않습니다.

갈무리 생각

비를 뿌리며 태풍이 지나가고 있는데도 어제 광주에 사는 친구들이 왔다. 박정권과 이희규 선생이 그들이었다. 박정권 선생은 수피아

여고 교장으로, 이희규 작가는 살레시오여고에서 평교사로 정년퇴직한 희곡작가였다. 모두 전남대 국문과와 연극반 출신으로 유명을 달리한 연극인 박효선과는 풋풋한 젊음과 영혼을 나눈 사이였다. 점심 때 직전에 내 산방으로 와서 오후 5시 무렵까지 차담을 나누며 간혹 현관문 밖을 내다보기도 했다. 무심코 내리는 빗줄기도 우리의 정담에 한자리 끼어들었다고나 할까. 아니, 시인의 '눈 속의 눈'에는 수정으로 꿴 발 같은 빗방울들이 민초들의 속울음으로 느껴졌을 터이다. 80년에 서울에서 교편을 잡고 있던 나는 차를 우리기만 했고, 광주에 살던 두 친구는 젊은 교사로서 자신들이 겪은 39년 전의 광주의 아픔을 힘들고 어렵게 끄집어냈다.

두 친구는 그 당시 자신들의 경험을 차를 몇 잔 마신 뒤부터는 차츰 스스럼없이 얘기했다. 아마도 내가 우려내주는 차와 소박한 다기들 때문이 아닐까 싶었다. 어떤 차인은 몇천만 원에 구매한 중국 보이차를 말하고, 어떤 차인은 만인이 감상하는 연꽃을 꺾어 연차를 스스럼없이 자랑하지만 나는 그들과 번지수가 맞지 않는 듯하다. 고가의 차는 내 형편에 맞지 않고, 자비가 없는 연차는 내 성정에 맞지 않기 때문이다. 내 눈과 혀를 위해 함부로 꽃을 꺾어 즐기는 것은 인간의 이기적인 습성을 드러내는 것밖에 달리 이해할 도리가 없는 것이다. 옛 선사들은 꽃을 꺾기는커녕 향기마저도 훔치지 말라고 경책했다. 나는 '자비 없는 찻자리'를 보고 어떤 스님과 덧정이 떨어져버린 기억이 있다. 어느 절 찻자리에 초대받아 갔는데, 젊은 스님이 피어나기 전의 연꽃봉오리를 네댓 개 따다가 손님들에게 연차를 우렸다. 자비 없는 찻자리의 차가 목구멍으로 넘어가는데 편할 리 없었다. 반면에 자비심을 천품으로 타고난 어떤 스님은 내게 이렇게 고백한 적이 있다.

"군대에 갔는데 내 별명은 울보였지요. 훈련병 시절 사역을 나가 잡초를 뽑는데 눈물이 막 났습니다. 살아 있는 잡초를 뽑을 때마다 마음이 아려서 눈물이 났거든요."

이웃을 위해 희생하는 지장보살

마중물 생각

시성(詩聖) 이백이 54세 때 안휘성 구화산을 찾아와 당시 60세였던 신라 왕자 출신 김지장 스님의 중생구제 이야기를 듣고 난 뒤 남긴 〈지장보살찬〉은 다음과 같다.

석가모니 열반에 드니 해와 달이 부서지고
오직 부처님 지혜만이 생사의 어둠을 밝혀주네
보살의 대자대비 고해에서 중생들을 구해주네
큰 서원을 세우고 홀로 오랜 겁을 수행하여
중생을 구해주시니 지장보살의 큰 덕성이어라.

이백의 시를 보면 김지장 스님은 살아생전부터 중국 사람들에게 '살아 있는 지장보살'로 추앙받았던 것 같다. '중생을 구해주시니 지장보살의 큰 덕성이어라' 하고 칭송하고 있는 것이다.

스님의 말씀과 침묵

#

건축물은 하나의 형상에 지나지 않습니다. 그 안에 혼이 들어 있지 않으면 빈껍데기나 다름없습니다. 지장전의 혼은 바로 지장보살입니다. 모든 보살이 그렇듯이 지장보살 역시 역사적인 존재인 동시에 언제 어디서나 실재하는 보살입니다. 이웃의 행복을 위해 자신을 기꺼이 희생한다면 우리들 자신이 곧 현존하는 이 시대의 지장보살입니다.

지장보살의 존재 의미는 고통받는 이웃을 구제하는 데 있습니다. 그러므로 중생이 없다면 보살의 존재 또한 무의합니다. 마지막 한 중생까지도 지옥의 고통에서 구제하지 않고는 자신의 임무를 마치지 않겠다는 지장보살의 기원을 거듭거듭 음미해보십시오. 저마다 자기 몫을 챙기기에 급급한 이 비정하고 냉혹한 세태에 지장보살의 그와 같은 염원이 어떤 의미를 지니는지 곰곰이 생각해보아야 합니다.

그 어떤 힘보다 자비의 힘이 우리를 인간답게 만듭니다. 그리고 그것만이 세상을 구원할 수 있습니다. 지장보살의 염원을 각자 마음속에 심어 우리 함께 이 땅의 살아 있는 지장보살이 되십시다.

그 어떤 힘보다 자비의 힘이 우리를 인간답게 만듭니다.
그리고 그것만이 세상을 구원할 수 있습니다.

갈무리 생각

최근의 일이다. 보성군 대원사에 '김지장 성보박물관'을 건립한다기에 동참을 호소하는 원고를 써주었는데, 다음은 그 일부이다. 김지장 스님은 신라 왕자 출신으로 1200여 년 전에 중국 구화산으로 건너가 연화불국(蓮華佛國)을 이루고 지장왕보살이 되신 분이다. 그러니까 역사적으로 실재하는 지장보살이라 할 수 있다.

신라의 금지차(金地茶)와 볍씨를 바랑에 담고 평소에 키우던 삽살개 선청을 데리고 구화산으로 간 김지장 스님은 그곳 주민들의 귀의를 받고 개명시킨 고승이자 다불(茶佛)이었습니다. 시선(詩仙) 이백은 〈지장보살찬〉이라는 시를 지어 김지장 스님을 중국 천하에 알렸고, 당나라 숙종은 김지장 스님을 흠모하여 황실의 옥쇄처럼 용이 조각된 지장이성금인(地藏利成金印)을 선물했습니다.

중국 구화산에는 김지장 스님의 등신불(等身佛)을 모신 육신보전이 있습니다. 99미터 높이의 김지장 스님 동상도 있습니다. 동상이 99미터인 까닭은 스님께서 99세에 열반하셨다는 상징이기도 하지만 그만큼 중국인들이 지장보살로 우러르고 있기 때문입니다. 구화산에서 수행 중인 어느 노승의 절절한 말씀입니다.

"중생을 다 구제한 후 성불하시겠다고 원을 세우신 분이 지장보살입니다. 지장신앙이야말로 미래 인류를 구제할 수 있는 유일한 희망입니다. 우리 모두는 지장보살이 되어야 합니다. 일찍이 신라왕자 김지장 스님은 그것을 우리에게 보여주신 지장왕보살입니다."

김지장 성보박물관이 대원사 현장스님의 발원대로 회향되기를 바라고 또 그렇게 될 것이라고 믿는다.

게으름은 쇠를 먹는 녹이다

마중물 생각

나는 마당에 자라는 풀을 뽑을 때마다 내 안의 게으름을 뽑는다고 여긴다. 서울생활에서는 해보지 않은 일이었다. 풀은 봄부터 찬바람이 선득거릴 때까지 자란다. 그러니 잠시도 방심해서는 안 된다. 나는 풀을 뽑는다고 말하지만 풀들의 입장에서는 뽑히지 않으려고 버티기를 한다고 말할 수 있다. 가냘픈 풀이지만 풀을 뽑는 작업처럼 힘든 일도 없다. 그럴 수밖에 없다. 풀이 뽑히지 않으려고 안간힘을 쓰기 때문이다.

물론 쉽게 포기하는 풀도 있다. 그러나 질경이 같은 대부분의 풀은 길게 뿌리를 뻗거나 잔뿌리를 많이 내려 버티기를 한다. 질겨서 질경이인가 하고 안쓰러울 때도 있지만 손으로 해서 안 되면 호미를 쓴다. 최근에는 찬바람이 나기를 기다리며 포기한 채이다. 그랬더니 어떤 손님께서 마당이 풀밭 같아서 자연스럽다고 평한다. 말끔하게 손질된 잔디밭 같지 않아서 좋단다. 손님은 게으름 역시 풀처럼 뽑히지 않으려는 근성이 있다는 것을 모른 것 같다.

스님의 말씀과 침묵

#

게으름은 최대의 악덕입니다. 게으르면 어떻게 해볼 도리가 없습니다. 《법구경》에서는 게으름을 쇠에 나는 녹에 비유합니다. 심성을 강철에 비유하고 게으름을 녹에 비유합니다. 쇠를 침식하는 것이 쇠에난 녹입니다. 아무리 강철이라도 녹이 슬기 시작하면 그것은 쇠로서의 기능을 하지 못합니다. 우리의 심성과 영성, 불성이 아무리 뛰어난것이라 하더라도 게으르면 다 매몰되어서 인간 구실을 할 수가 없습니다. 녹은 어디서 나오는가. 우리의 한 생각에서 나옵니다. 게으름도마찬가지입니다.

부처님은 길을 갈 때 매우 천천히 걷곤 했다고 합니다. 사람들이 그렇게 천천히 걷는 이유를 묻자 부처님은 말합니다.

"걷는 것 자체가 하나의 가르침이다. 언제나 한겨울 개울물 속으로걸어 들어가듯 걸으라. 물이 아주 차갑기 때문에 천천히 깨어서 걸어야 한다. 물살이 아주 빠르기 때문에 정신을 차려야 한다. 개울의 돌에 미끄러질 수 있기 때문에 한 발 한 발 지켜보아야 한다."

인생은 빠르게 흘러가는 차가운 물살과 같습니다. 우리는 그 물살 속을 걸어가고 있습니다. 욕망과 번뇌의 돌에 미끄러지지 않도록 깨어있으라는 것입니다.

산스크리트어로 인간을 '푸루샤'라고 하는데, 이것은 '힘을 소유한

인간이 된다는 것은 우리가 원하는 바를 성취하는 힘을
갖는다는 의미입니다.

것'이라는 의미입니다. 인간이 된다는 것은 우리가 원하는 바를 성취하는 힘을 갖는다는 의미입니다. 여러분이 괴로움과 번뇌에서 해탈하기를 원한다면 그렇게 될 수 있는 힘을 자기 내면에서 찾아야 합니다. 한 줄기 빛은 천년 동안 쌓여 있던 어둠을 단번에 날려버립니다. 마음이 깨어 있는 순간, 여러분은 이미 부처입니다. 일어나는 모든 일에 대해 매 순간 깨어 있는 것만으로도 여러분은 이미 부처입니다.

갈무리 생각

나는 산중으로 내려와 살면서 한동안은 게으름을 즐겼다. 산사의 노승처럼 졸리면 자고 배고프면 밥 먹고 하는 생활을 탐닉했다. 서울에서 자의반 타의반으로 살았던 독을, 오랜 직장생활의 강박적인 질서와 습관을 그렇게 풀었다. 그것 또한 나를 해방시키는 치유이기도 했다. 그런데 어느 날 나는 내가 게으름이 방종이라는 것을 깨달았다. 하루는 이른 새벽에 무심코 창문을 열었는데, 다랑이논밭에서 일하고 있는 산중농부들이 보였다. 순간 나는 무얼 하고 있지 하는 의혹이 솟구쳤다. '늦잠이나 자고 빈둥거리기 위해 서울생활을 청산하고 이곳에 온 것인가? 이건 바삐 사는 도회지 사람들에게 죄짓는 일은 아닌가?' 그런 생각이 가슴을 쳤다. 그래서 나는 장날을 기다렸다가 30리 떨어진 면소재지로 가서 호미를 하나 사 왔다. 그런 뒤 그 호미를 내 방 벽에 걸었다. 호미는 내 화두가 되었다.

"너는 지금 무엇을 하고 있는가?"

그때부터 새벽에 글을 쓰는 습관을 들였다. 농부는 논밭농사를 짓고 나는 글농사를 짓는 셈이었다. 지금도 새벽부터 오전까지 글을 쓰고 있는데, 그때 들였던 습관이다. 어느 잡지사에서 호미를 사진 찍어 소개하는 바람에 결국에는 호미를 벽에서 내리고 말았지만. 내 산방을 찾은 손님들이 그 호미부터 찾았기 때문이다.

나로부터 너에게 이르는 길

마중물 생각

나무는 거짓이 없다. 10여 년 전에 심은 배롱나무가 환한 꽃그늘을 드리우고 있다. 산책할 때마다 꽃 터널을 지나는 느낌이다. 초여름부터 벼이삭이 노래져 향기를 낼 때까지 백일 동안 꽃을 본다 하여 '목백일홍'이라고도 부른다. 또 꽃이 붉은 가루 같다고 하여 자미화(紫微花)라고도 불린다. 어린 배롱나무를 내 산방으로 오는 길가에 심었더니 이제는 나에게 헌화(獻花), 즉 '꽃 공양'을 하고 있다. 나를 위해 헌신하는 배롱나무보살이라 할 만하다. 시적 감흥이 솟구쳐 한시를 지어본다.

아침안개는 앞산에서 오고
붉은 꽃은 스스로 피어나네.
朝霧來前山 紫微花發自

스님의 말씀과 침묵

#

7세기 대승불교의 큰 스승 중에 산티데바라는 인도 스님이 계십니다. 적천(寂天)스님이라고도 합니다. 산티데바의 법문에 이런 대목이 있습니다.

세상의 모든 행복은 남을 위한 마음에서 오고
세상의 모든 불행은 이기심에서 온다.
하지만 이런 말이 무슨 소용이 있는가.
어리석은 사람은 여전히 자기 이익에만 매달리고
지혜로운 사람은 남의 이익에 헌신한다.
그대 스스로 그 차이를 보라.

여기서 말하는 '남'이란 나와 전혀 상관없는 타인이 아니라 또 다른 '나'입니다. 보다 큰 자기입니다. 산티데바는 어떻게 보살행을 할 것인가를 두고 《입보리행론(入菩提行論)》이라는 저술을 남겼습니다. 왕자였던 산티데바는 어느 날 꿈에서 문수보살을 만납니다. 그는 문수보살로부터 "왕의 자리는 지옥과 같다"라는 말을 듣고 왕위 계승에 회의를 느낍니다. 그리하여 마침내 왕위를 계승하게 될 전날 밤, 왕궁을 몰래 빠져나와 날란다사로 가서 출가합니다. 인도불교 역사를 보면 부처님을 비롯해 왕자들이 가끔 그런 식으로 왕위 계승권을 버리고 출가하는 사례가 더러 있습니다. 산티데바의 경우도 마찬가지입니다.

《입보리행론》은 보리심에는 두 가지가 있다고 이야기합니다. 하나는 보리심을 일으키는 마음, 즉 발보리심입니다. 다른 하나는 보리심을 행하는 마음, 즉 행보리심입니다. 보리심은 곧 자비심입니다. 불교는 발보리심으로부터 시작합니다. 그리하여 행보리심으로 회향합니다. 개체에서 출발해 전체에 이르는 길입니다. 나에게서 출발해 너에게 이르는 길입니다.

배움의 과정을 문(聞), 사(思), 수(修) 세 가지로 나누기도 합니다. 어떤 가르침을 듣고, 그 뜻을 깊이 생각하며, 스스로 그렇게 실천하고 닦아가는 것이 배움의 과정입니다. 그런 닦음과 실천이 행보리심입니다. 수행이란 무엇입니까? 한마디로 말해서 보살행입니다. 남을 위해서 헌신하는 것, 이것이 진정한 수행입니다.

불교의 수행은 행보리심, 즉 보살행입니다. 행의 궁극적인 종점이 곧 깨달음입니다. 신해행증(信解行證)이라고 하지 않습니까? 믿고 이해하고 행하면 그 행의 결과로 깨달음에 이른다는 것입니다. 여기서 기억할 점은 깨닫고 나서 행하는 것이 아니라, 행의 완성이 곧 깨달음이라는 사실입니다. 행 속에 이미 깨달음이 들어 있습니다. 마치 과일 속에 씨앗이 들어 있듯이.

수행이란 무엇입니까? 한마디로 말해서 보살행입니다. 남을 위해서 헌신하는 것,
이것이 진정한 수행입니다.

갈무리 생각

오래전에 발간했던 《천불탑의 비밀》이라는 장편소설이 생각난다. 도반이기도 한 이판승과 사판승의 이야기다. 사판승이 도량에 천불전을 짓는다. 사판승은 모든 이들의 기도처로 만들기 위해 원을 세웠고 그 원력으로 천신만고 끝에 천불전을 한 층 한 층 조성해간다. 그러던 중에 선방을 전전하던 이판승이 그 절에 온다. 그리하여 이판승이 천불전 회향식 날에 봉안할 부처님 진신사리를 모시러 인도로 간다. 그런데 이판승이 약속한 날에도 돌아오지 않는다. 사판승은 정해진 회향식 날에 가짜 사리를 부처님 진신사리라고 신도들을 속이고 봉안식을 마친다. 그런 뒤 도반인 이판승을 만나러 인도로 건너가 갠지스 강변에서 그를 조우한다. 그런데 이판승은 부처님 진신사리를 갠지스강에 버렸다고 한다. "이 세상이 다 부처님 진신사리이므로 형상에 집착할 까닭이 없다"고 말하면서. 그 순간 사판승은 벼락같은 충격을 받으면서 금강경의 한 구절, '무릇 있는 바 상은 다 허망하니 만약 모든 상이 상 아님을 보면 곧 여래를 보리라(凡所有相 皆是虛妄 若見諸相非相 卽見如來)'를 깨닫는다.

소설에서 내가 하고 싶었던 이야기는 상구보리(上求菩提)나 하화중생(下化衆生)이 결국 한 지점에서 만나는 것이 아닐까 하는 자각에서였다. 산티데바 스님의 발보리심은 상구보리이고, 행보리심은 하화중생이라는 생각이 들었던 것이다.

행복한 가정, 불행한 가정

마중물 생각

음수사원(飲水思源).

물을 마실 때 그 물이 어디서 왔는지 근원을 생각하라.

이와 같이 부모의 부모님, 조상의 조상님을 잊지 말라.

스님의 말씀과 침묵

\#

제가 얼마 전에 당사자의 친구 분한테 들은 이야기입니다. 올해 일흔
살 된 할아버지인데, 3년 전쯤 부인이 세상을 떠났다고 합니다. 그래
서 혼자 아파트에서 사는데 아들 내외가 보기 안됐으니까 아파트를
팔고 자기 집으로 들어오시면 잘 모시겠다고 몇 달 동안 사정을 했다
고 합니다. 그래서 그 할아버지는 모든 것을 정리하고 아들 집으로 들

어갔습니다. 물론 들어갈 때는 빈손으로 가지 않고 지참금 같은 것을 가져갔을 것입니다.

그렇게 한동안 지내다가 어느 날 무슨 일이 있어서 아들 며느리 방에 우연히 들어가게 되었습니다. 무얼 찾다가 가계부가 펼쳐져 있어서 무심히 훑어보게 되었는데 '촌놈 용돈 2만 원'이란 기록이 보이더랍니다. 자기 시아버지한테 용돈 주는 것을 '촌놈 용돈 2만 원'이라고 한 것입니다. 할아버지는 큰 충격을 받고 그날로 그 집에서 나왔다고 합니다.

이것은 실화입니다. 저도 이 말을 전해 들으면서 충격을 받았습니다. 오늘날 가정이 해체되어갑니다. 그리고 그 자리에 텅 빈 썰렁한 가옥만 남아 있는 집안이 많습니다. 가정이란 어떤 곳입니까? 가족이 한데 모여 오순도순 살아가는 곳입니다. 밖에 나가서 지치면 돌아와 편히 쉴 수 있는 곳입니다. 언제든지 우리들을 반갑게 맞아주고 받아들이는 곳입니다. 전통적인 가정에는 가장이 있고 주부가 있고 부모님이 계시고 자식들이 있습니다. 뿐만 아니라 눈에는 보이지 않지만 집안을 지키고 보살피는 수호신이 있습니다.

훈김이 돌지 않으면 온전한 가정이 아닙니다. 그것은 마치 혼이 빠져나간 몸뚱이나 다름없습니다. 가족끼리 대화가 단절되고 있습니다. 그것은 비극의 싹입니다. 대화란 부르고 대답하는 것이 아닙니다. 공통적인 관심사가 있고 그걸 주제로 속의 말을 털어놓을 수 있어야 합니다.

행복한 가정은 가족끼리 서로 닮아 갑니다. 그러나 불행한 가정은 저마다 따로 삽니다.
왕이든 평민이든 가정에서 행복을 찾는 이가 가장 행복한 사람입니다.

너무나 이기적이고 자기 본위로 살아가기 때문에 가족 간에 단절현상이 발생합니다. 행복한 가정은 가족끼리 서로 닮아 갑니다. 그러나 불행한 가정은 저마다 따로 삽니다.

왕이든 평민이든 가정에서 행복을 찾는 이가 가장 행복한 사람입니다. 자기 집에 들어와서 평온한 분위기를 누릴 수 있는 이가 가장 행복한 사람입니다. 사회의 구성요소인 가정이 해체되어가고 있다는 것은 사회가 뭔가 잘못되어가고 있다는 증거입니다. 붕괴되어가고 있는 것입니다.

갈무리 생각

몇 달 전 아내가 처형으로부터 흑백사진 한 뭉텅이를 받았는데 그것을 본 적이 있다. 장인 가족으로 부모님과 사촌형제, 자식들 사진이었다. 그러니까 아내의 형제 삼남매가 각자 가지고 있던 흑백사진들만 모은 사진이었다. 사진에는 일제강점기부터 70년대까지 장인가족의 사연이 담겨 있었다. 각자의 사진첩에 있던 흑백사진들을 한데 모으고 편집하여 아예 사진집으로 인쇄하겠다는 것이 아내 형제의 바람이었다. 사진들을 카메라로 접사하여 업체에 보내면 사진집을 만들어주는 회사가 있는데, 값도 저렴하고 신뢰할 만했다. 대학교 은사님 희수를 기념하여 선후배 몇 명과 지중해를 여행하고 난 뒤, 나도 사진집을 한번 만들어보았던 것이다.

나는 아내에게 흑백사진들의 사연을 들어보고는 사진 설명을 붙여 주었다. 이를테면 '문래동 집 앞에서', '덕수궁 미술대회에 가서', '누구누구 대학 졸업식에서' 등등이었다. 덕분에 나는 처가의 따뜻한 가족사를 비로소 알게 된 느낌이 들었다. '아, 한 가정의 가족이란 이런 존재구나!' 하고 흥미를 느꼈다. 아내의 어린 시절 꿈이 화가였다는 것도 확실히 알게 되었다. 초등학교 대표로 미술대회에 나가 그림을 그리는 덕수궁 사진을 보았던 것이다. 또 1950년 후반에 네댓 살의 아내가 선 채 찍은 자가용 지프차 사진을 보고서는 장인이 원래는 큰 부자였다는 사실도 알았다. 당시 서울에서 자가용을 가진 사람이 소수였을 것이기 때문이다. 처할머니 환갑잔치 사진에는 어른을 공경하는 마음과 미풍양속이 오롯이 드러나 있었다. 흑백사진들은 처가의 가족사(家族史)나 다름없었다. 나는 아내와 상의한 끝에 일러스트를 전공한 둘째딸에게 보내 시간이 걸리더라도 흐릿한 사진들을 보정한 뒤 디자인적으로 담백하게 편집하기로 했다. 〈흑백사진으로 보는 박종한 가족〉이라는 사진집의 제목만 내가 정해주었다. 80년대 이후 사진들은 따로 모아 〈칼라사진으로 보는 박종한 가족〉이라는 제목으로 기회가 되면 다시 만들기 위해서였다.

어제 아침에 사진보정과 편집이 다 되었는지 딸에게서 전화가 왔다. 편집을 하다 보니 빈 공간이 있는데 가족에 대해서 한 마디 금언이 들어갔으면 좋겠다는 전화였다. 그래서 나는 다음과 같이 써서 메일로 보냈다.

　허공의 물방울들이
　개울에서 만나 강을 이루고
　산과 들, 그리고 대지를 적신다.
　가장 넓은 자비의 바다를 이룬다.
　가족의 힘이란 그런 것이다.
　가족의 역사란 그런 것이다.

부처님이듯 천주님이듯 대하라

마중물 생각

어제 폭우로 무너진 돌담을 쌓았다. 돌담이 시작되는 첫 부분이다. 하필이면 왜 처음 시작하는 부분이 무너졌을까? 답이 금세 나온다. 10여 년 전, 마을 농부들이 돌담을 조성할 때 처음에는 벽돌처럼 반듯하고 보기 좋은 돌들만 골라 쌓았는데 그 부분이 무너진 것이다. 둥글고 모나고 세모지고 크고 작은 돌들이 서로 맞물려야 힘이 생겨 무너지지 않는 법인데, 그 이치를 잘 몰랐기 때문이다. 그러고 보니 서로 다른 모양의 돌들로 이루어진 돌담을 보니 상생, 조화, 배려, 개성, 존중 같은 낱말들을 떠올리게 한다. 이끼 낀 고색창연한 돌담에서도 화엄의 세상이 되기를 바랐던 부처님 마음이 느껴진다.

스님의 말씀과 침묵

#

20년 전에 제가 어떤 분을 만나 상담을 해준 적이 있습니다. 저는 까맣게 잊어버리고 있었는데 얼마 전 그 당사자를 만나 이야기를 듣게 되었습니다. 당시 그 주부는 40대 초반이었고 너무나 이기적인 남편에게 시달려 이혼을 결심했었다고 합니다. 남편은 전혀 상대방을 배려하지 않는 사람이었습니다. 예를 들면 선풍기를 틀어도 자기 쪽으로만 돌리고 텔레비전 프로그램도 자기 위주로만 보고 꺼버리는 사람이었다고 합니다. 대학 출신이지만 책은 전혀 읽지 않으면서 몸에 좋다는 것은 이것저것 가리지 않고 구해다가 혼자 야금야금 먹었다고 합니다. 다른 동물들은 필요한 만큼만 먹는데 인간은 필요 이상으로 먹어대지 않습니까? 또 몸에 좋다면 기를 쓰고 구해다가 먹습니다.

그 여성은 아이들을 셋이나 키우면서 정작 자신의 삶은 제대로 챙기지 못했음을 뒤늦게 알아차렸습니다. 그래서 자기실현을 못한 데 대해 아쉬워하면서 마침내 이혼을 결심하게 되었습니다. 저는 당시의 대화 내용을 다 잊어버렸는데 그때 제가 이렇게 말했다고 합니다.

"식사 준비를 할 때 얄미운 인간한테 준다고 절대 생각하지 말라. 부처님께 공양을 올린다는 마음으로 하라."

또 이렇게도 말했다고 합니다.

사람과 사람 사이의 관계란 마음의 주고받음입니다.

"아이들 아버지가 저녁때 퇴근해 집으로 돌아오면 부처님이 돌아오신다고 여기고 반기라. 밖에 나갈 때 뒷모습을 보고도 부처님 뒷모습이라고 생각하라."

교회 다니는 분들은 부처님 대신 주님이나 천주님으로 생각해도 좋습니다. 음식을 준비할 때도 주님이나 천주님이나 부처님에게 식사를 올린다는 생각으로 하라는 것입니다.

인도의 요가 수행자들은 주방에서 음식 만드는 사람이 불결하면 차라리 굶는다고 합니다. 마음가짐과 몸가짐이 불결한 사람이 만든 것을 먹으면 제대로 소화가 안 된다고 여기는 것입니다. 우리가 식중독에 걸릴 때 단지 음식에 세균이 있어서 그런 것만은 아닙니다. 음식을 만든 사람의 마음씨에 독하고 미운 생각이 들어 있으면 제대로 소화를 시킬 수가 없습니다. 음식 만드는 것은 손발이 하는 일이 아니라 마음이 하는 일이기 때문입니다.

저녁때 직장에서 아이들 아버지가 돌아올 때도 '부처님이 일을 마치고 돌아오시는구나' 하고 생각하라고 했다 합니다. 그분은 처음에는 제 말이 전혀 마음에 와 닿지 않았습니다. 그러나 마음공부 삼아서 하루하루 그와 같이 대했더니 차츰 자신의 마음에 변화가 찾아왔다고 합니다. 마음이 서서히 풀린 것입니다. 마음가짐이 달라지니까 상대방에 대한 원망과 미움이 다 사라지고 없어졌습니다.

그렇습니다. 사람과 사람 사이의 관계란 마음의 주고받음입니다. 맞서면 서로가 상처 입습니다. 맞서면 부부만이 아니라 친구이든 스승과 제자이든 혹은 동료이든 연인 사이든 서로에게 상처를 입힙니다. 그러나 생각을 돌이켜 마음을 긍정적인 쪽으로 향하면 본래의 나 자신으로 돌아갑니다. 그것이 바로 자아실현입니다. 마음공부를 열심히 한 결과 위태롭던 가정도 다시 회복되고 자식들 역시 어디에 내놓아도 손색없을 만큼 번듯하게 성장해서 위기를 극복했다는 이야기를 얼마 전에 들었습니다.

갈무리 생각

나는 초등학교 저학년 때 《명심보감》을 외운 일이 있다. 여러 문장 가운데서 아직도 잊히지 않는 몇 구절이 있다. '하늘은 녹 없는 사람을 내지 않고, 땅은 이름 없는 풀을 기르지 않는다(天不生無祿之人 地不長無名之草)'도 그중에 한 구절이다. 하늘은 시비 갈등을 좋아하는 사람에게도 나름대로의 몫을 주었고, 땅은 해로운 독초까지도 이름을 주었다는 뜻이다. 그 이유는 모름지기 이 세상에 존재하는 모든 것은 쓸모가 있기 때문이다. 어린 시절 훈장님으로부터 그런 해석을 배웠다. 이 구절은 지금도 내 인생의 좌우명 중에 하나다. 훗날 불교에 입문해서 부처님의 가르침에도 이와 흡사한 것이 있다는 사실을 알고 이해를 더욱 깊게 했다. '이 세상의 모든 존재는 나의 선지식이다'라는 가르침이 그것이다. 나에게 도움을 주기는커녕 해를 주는데 어찌

해서 선지식이란 말인가. 도움을 주는 존재는 순행보살이고 해를 주는 존재는 역행보살인데 왜 역행보살이 선지식이란 말인가. 이 부분에서 종교적인 거룩한 함의가 있는 것 같다. 나에게 피해를 주고 악행을 저질렀지만 마음을 돌이켜 그 존재를 사랑과 자비, 용서로 극복한다면, 그 고통스런 과정에서 거짓 나를 버리고 본래의 나로 돌아가게 했으므로 악인도 선지식이요 역행보살이 된다는 것이다.

마음을 주면 메아리가 있다

마중물 생각

이불재 마당에 자라는 꽃과 나무들은 모두 내 손을 거친 식구들이다. 소나무 말고도 후박나무와 감나무, 매화나무 등이 있다. 내 산방으로 이사와 병치레를 하거나 병들어 고사한 나무는 아직 없다. 다만 두고두고 아쉬운 꽃이 있으니 해바라기다. 20여 년 전 법정스님께서 유럽여행을 다녀오신 뒤 내게 선물해주셨는데, 고흐기념관에서 사온 해바라기 꽃씨였다. 나는 고흐의 해바라기꽃 그림을 몹시 좋아했던 적이 있으므로 소중하게 보관해두었다가 텃밭 가에 해바라기 씨앗을 뿌렸다. 몇 해 동안은 해바라기 꽃을 가만가만 다가가서 잘 감상했다. 그러던 중에 해바라기 씨앗을 썩게 하는 병이 와서 더 이상 해바라기를 키우지 못하게 돼버렸다. 해바라기에 독한 농약을 쓰는 일은 감히 상상도 못 했으므로 망연자실할 수밖에 없었다. 지금도 스님께서 주신 해바라기 씨앗을 생각하면 정성을 다하지 못한 허물을 탓하곤 하는데 어느 땐가는 내가 직접 고흐기념관으로 가서 해바라기 씨앗을 구해 올 생각이다.

스님의 말씀과 침묵

\#

제 생활에서 일어나는 이야기를 하나 해드리겠습니다. 겨울은 빛깔
이 없어서 삭막합니다. 지난가을 고구마를 캐다가 놔두었더니 고구
마순이 나왔습니다. 그냥 놔두면 얼어 죽을 것 같아서 빈 컵에 물을
채우고 고구마를 담아 방에 놓았더니, 순이 잘 자랐습니다. 이 겨울,
초록 빛깔이 없는 계절에 햇살이 들어오는 창문 아래서 고구마순이
자라고 있으니까 무척 싱그러웠습니다. 그런데 물만 먹고는 못 사는
지, 잎이 노래지고 전잎이 생기는 것이었습니다. 그래서 무언인가 비
료 기운을 주어야겠다는 생각이 들어서 차를 마시고 찌꺼기를 삭힌
물을 부어주었습니다. 차 마신 물을 한 일주일쯤 두면 갈색으로 변하
는데, 그 물을 몇 숟가락 주었습니다. 그렇게 하니 초록이 다시 진초
록이 되었습니다. 그럼에도 불구하고 무엇인가 모자라, 마침 집 짓고
남은 황토가 있어서 황토 흙을 물컵에 뿌려주었더니 파랗게 진초록
으로 올라오는 것이었습니다. 그것이 고구마한테 보내는 제 사랑의
표현입니다.

산중에서 살아 있는 것은 저하고 나하고 둘뿐이니, 밤에 더우면 물이

어딘가 우리가 따뜻한 마음을 기울일 데가 있어야 합니다.
그것이 중요합니다.

증발하니까 물도 보충해주고, 물만 먹고는 못 살겠다고 하니까 차 삭힌 물도 주고, 그것도 무언인가 성에 차지 않는다고 하니까 흙을 침전시켜주었더니 매우 건강해지는 것이었습니다.

온 세상을 어떻게 하지는 못한다 하더라도, 우리 개인 능력이 적다고 해도 자기 집 안과 주변의 생활공간에서 자신의 따뜻한 마음을 살아있는 작은 것에 쏟을 수는 있습니다. 그러면 더불어 내 마음도 따뜻함으로 채워집니다.

흔히 말하듯 하잘것없는 고구마인데 싹이 돋아나는 것을 조금 보살펴주니까 그렇게 메아리가 있었습니다. 제가 밖에 나갔다 들어가면 가장 먼저 그 아이가 잘 다녀왔느냐고 문안을 합니다. 그렇게 어딘가 우리가 따뜻한 마음을 기울일 데가 있어야 합니다. 그것이 중요합니다.

갈무리 생각

경기도 광주시 초월읍에 사시는 권용광 거사님께서 보리수 묘목을 보내주시어 화분에 심었다. 다경 아우님의 소개로 큰 선물을 받았다. 인도 부다가야에 있는 마하보디 대탑사의 보리수 씨앗을 구해와 싹을 틔웠다고 하는데, 부처님께서 깨달음을 이뤘던 그 보리수이다. 선연(善緣)이다.

나는 보리수 묘목의 족보를 다음과 같이 적어두었다.

2016년 2월 19일에 권용광 거사가 부처님께서 정각을 이뤘던 인도 부다가야 마하보디 대탑사의 보리수 씨앗을 그곳 관리인의 허락을 받고 네 개를 구해와 자신의 경기도 블루베리 농장에다 그해 3월에 심었다. 다행스럽게도 2달 후 5월에 네 개 모두 싹이 텄다. 이후 3년 동안 어린 보리수를 키우다가 한 그루를 2019년 8월 중순 이불재로 보내와 정찬주가 인연을 맺게 된 것이다.

한 달 정도 됐는데 벌써 이파리가 네 개나 나왔다. 내 산방에서도 보리수 묘목이 잘 적응하고 있는 것 같다. 마음을 주니 메아리가 있다.

책은 자신을 다스리고 높인다

마중물 생각

지난 8.15 광복절부터 야생난의 일종인 석곡 꽃이 오랫동안 피어 있다. 마당에 놓인 반석 틈에 석곡 한 줌을 꽂아줬을 뿐인데 햇살이 따가운 초가을까지 꽃을 피우고 있다. 이야말로 스스로의 힘으로 꽃을 피우고 만 광복이다. 광복(光復)이란 본래 가졌던 빛을 다시 드러낸다는 뜻도 있으니까. 나에게 광복은 무엇인지 잠시 자문해본다. 덥지만 더위 속으로 들어갈 수밖에 없다.

나는 소설을 쓰는 소설가다. 근로자의 말로 비정규직 '소설 노동자'임이 틀림없다. 고상한 말로 허세를 부리고 싶지 않다. 오직 미련하게 쓸 뿐이다. 누가 알아주건 말건. 하늘이 보고 있고 땅이 보고 있으니까. 이만하면 자족할 수도 있지 않나 싶다!

스님의 말씀과 침묵

#

오두막 살림살이 중에서 가장 행복한 때를 들라면

읽고 싶은 책을 아무 방해도 받지 않고 쾌적한 상태에서

읽고 있을 때, 즉 독서삼매에 몰입하고 있을 때

내 영혼은 투명할 대로 투명해집니다.

이때 문득 서권(書卷)의 기상이 나를 받쳐줍니다.

어떤 그림이나 글씨에서 그 작가의 기량을 엿보려면

'서권기와 문자의 향기'가 있느냐 없느냐로 가늠할 수 있습니다.

#

책을 가까이하면서도 그 책으로부터 자유로워져야 합니다.

아무리 좋은 책일지라도 거기에 얽매이면 자신의 눈을 잃습니다.

책을 많이 읽었으면서 꼭 막힌 사람들이 더러 있습니다.

책을 통해서 자기 자신을 읽을 수 있을 때 열린 세상도

함께할 수 있습니다. 책에 읽히지 않고 책을 읽을 줄 알아야 합니다.

책에는 분명히 길이 있습니다.

#

사람은 책을 읽어야 생각이 깊어집니다.

좋은 책을 읽으면 내 영혼에 불이 켜집니다.

읽는 책을 통해서 사람이 달라집니다.

깨어 있고자 하는 사람은 항상 탐구하는 노력을 기울여야 합니다.

배우고 익히는 일에 활짝 열려 있어야 합니다.

독서는 누구나 쉽게 접할 수 있는 탐구의 지름길입니다.

배우고 찾는 일을 멈추면 머리가 굳어집니다.

머리가 굳어지면 삶에 생기와 탄력을 잃습니다.

생기와 탄력이 소멸되면 노쇠와 죽음으로 이어집니다.

옛 선인들은 고전을 읽으면서 인간학을 배웠습니다.

자신을 다스리고 높이는 공부를 했던 것입니다.

자신의 마음과 행실을 바르게 하도록

심신을 닦고 나서 세상일에 참여했습니다.

고전에서 배우고 익힌 소양으로 인간이 지녀야 할

몸가짐과 품위를 닦았던 것입니다.

#

책 속에 길이 있는 것은 사실이지만

거기에 너무 기대다 보면 자기 눈을 잃을 위험이 따릅니다.

책은 마치 수렁과 같아서 거기에 잘못 빠져들면

헤쳐 나올 기약이 없습니다.

딛고 일어서려면 큰 용기와 결단이 필요합니다.

사람은 책을 읽어야 생각이 깊어집니다. 좋은 책을 읽으면 내 영혼에 불이 켜집니다.
읽는 책을 통해서 사람이 달라집니다.

기존의 지식이란 남의 말이요, 남이 주장한 견해일 뿐입니다.

자기 말과 자기 견해를 가지려면 반드시 자기 사유와

자기 체험이 전제되어야 합니다.

갈무리 생각

나는 사춘기 시절부터 소설보다 시를 많이 읽는 편이었다. 시를 읽는 습관은 그 이후로도 계속되었다. 지금도 내가 애송하는 시집들이 서가 한자리를 차지하고 있다. 물론 철학서도 가끔은 음미한다. '역사를 모르면 민족혼을 잃고 철학을 모르면 바보가 된다'는 금언도 잊지 않고 있다.

지난 5월, 지인 분의 초대로 오스트리아 빈에 머물렀다. 그때의 이야기다. 내가 머문 숙소 주변의 거리 이름은 베토벤 가세(거리)였다. 알고 보니 베토벤이 운명한 장소가 숙소 부근에 있었다. 걸어서 5분도 안 되는 거리였다. 베토벤이 운명한 건물 앞에서 나는 베토벤이 시를 좋아했다는 사실을 새롭게 알고 그를 더 이해하게 되었다. 베토벤은 '훌륭한 시는 그 나라의 가장 아름다운 보석이 될 수 있다'고 했던 것이다. 베토벤의 음악이 왜 시적인지 의문이 풀렸다. '전원 교향곡' 테이프를 서울의 한 자취방에 틀어박혀 반복해서 들었던 대학 시절이 그립다.

용서가 가장 큰 수행이다

마중물 생각

스님 중에서 나와 가장 오랜 인연을 이어가고 있는 분 중에 한 분은 아마도 보성의 봉갑사 각안 주지스님일 것이다. 중앙일보에 〈암자로 가는 길〉을 연재하면서 1996년 4월 1일 해인사 원당암에서 처음 인 연을 맺은 뒤 지금까지 가끔 뵙고 있다. 내가 스님을 존경하게 된 까 닭은 스님의 출가 이야기를 듣고 나서부터였다. 스님 아버지는 얼마 전 92세로 열반에 드셨는데, 결혼한 뒤 한문공부를 하러 절에 들어갔 다가 출가하셨다고 한다. 아주 자애로우신 어른스님이셨다. 나를 보 면 부모가 자식에게 보약을 먹이듯 하나라도 더 부처님의 가르침을 전해주고자 애를 쓰셨다.

각안스님은 사춘기 고등학교 시절에 아버지 도륜스님을 보고는 '더 늙으시면 누가 이분을 모시지?' 하고 몇 날 몇 밤을 걱정하던 끝 에 '내가 시봉해야지'라는 결론을 내린 뒤 해인사 혜암 방장스님을 찾 아가 출가했다고 나에게 고백했다. 나는 효심 어린 그 고백을 듣고는 부끄러웠다. 마치 부처님 제자인 목련존자 같은 느낌이 들어 감동이 오랫동안 가시지 않았다. 승속을 불문하고 효(孝)가 바탕이 되지 않는 그 어떤 행위도 모래밭에 집짓기인 것이다.

스님이 내게 감동을 주는 또 다른 덕목은 용서가 몸에 배어 있다는 점이다. 봉갑사를 가면 언제나 대중들이 기도하고 개미처럼 도량을 가꾸고 있는 모습을 볼 수 있는데, 열악한 절 살림을 생각하면 불가사의할 정도다. 모두가 자원봉사 하는 대중들이다. 20년 전이나 지금이나 공양간 보살들도 변함이 없다. 활기찬 보살들이다. 비결을 물으면 스님은 "대중들끼리 간혹 불화나 갈등이 생기더라도 스스로 해결될 때까지 침묵합니다"라고 말한다. 흙탕물이 가라앉아 맑은 물이 될 때까지 침묵한다는 것이다. 시비 분별을 녹여버리는 용서하는 마음이 없다면 어찌 마냥 침묵하고 기다리는 것이 가능할까! 나는 그런 침묵과 기다림이야말로 진정한 용서의 다른 모습이라고 생각한다. 부처님은 '자비심이 여래'라고 했지만 나는 '용서하는 마음도 여래'라고 믿고 싶다.

스님의 말씀과 침묵

\#

용서는 가장 큰 수행입니다. 남에 대한 용서를 통해 나 자신이 용서받게 됩니다. 또 용서를 통해서 그만큼 인간적으로 성숙할 수 있습니다.

달라이라마의《용서》란 책을 보면 이런 구절이 나옵니다.

중국의 티베트 침략 전부터 달라이라마가 잘 알고 지낸 한 스님이 있었습니다. 중국이 티베트를 점령하자 달라이라마는 인도로 망명을 떠납니다. 그런데 남아 있던 그 스님은 그만 중국 경찰에 체포되어 18년 동안 감옥에 갇힙니다. 그곳에서 티베트를 비판하라고 강요받으며 온갖 고문을 당합니다. 그렇지만 모진 고문을 당하면서도 그 스님은 요지부동입니다. 그 후 가까스로 석방되어 히말라야를 넘어 인도로 탈출합니다. 달라이라마가 20년 만에 다람살라에서 그 스님을 만났는데, 옛날의 얼굴 모습 그대로였습니다. 감옥에서 그토록 고초를 겪었음에도, 전혀 변하지 않은 것입니다. 대화를 나누다가 달라이라마가 스님에게 묻습니다.

"스님, 십팔 년 동안 그토록 모진 고문을 당하면서 두려웠던 적은 없습니까?"

그러자 그 스님은 이렇게 답합니다.

"나 자신이 중국인들을 미워할까 봐, 중국인들에 대한 자비심을 잃게 될까 봐, 그것이 가장 두려웠습니다. 하마터면 큰일 날 뻔했습니다."

저는 이 글을 읽으면서 몹시 부끄러웠습니다. 나 자신이 그런 처지에 있었다면 과연 이렇게 생각할 수 있었을까? 그러지 못했을 것입니다.

거듭 말씀드립니다. 용서는 가장 큰 수행입니다. 타인에 대한 용서를 통해 나 자신이 용서받게 됩니다. 또 그만큼 내 그릇이 성숙해집니다.

용서는 가장 큰 수행입니다. 타인에 대한 용서를 통해 나 자신이 용서받게 됩니다.
또 그만큼 내 그릇이 성숙해집니다.

마음에 박힌 독은 용서를 통해 풀어야 합니다.

어떤 사람이 부처님에게 "자비와 용서를 어디서 구해야 합니까?" 하고 묻습니다. 이때 부처님은 땅을 가리키며 말합니다.

"땅은 언제나 자비롭고 용서하며 너그럽다."

땅은 모든 것을 받아들입니다. 그래서 대지를 어머니에 비유해 '어머니 대지'라고 부르기도 합니다. 더럽히거나, 허물어뜨리거나 해도 마다하지 않고 묵묵히 받아들입니다. 이것이 대지입니다. 땅의 덕입니다. 이런 땅을 딛고 사는 우리는 이와 같은 '땅 보살'에게 수시로 배워야 합니다.

신앙생활을 하는 사람은 눈을 밖으로 팔지 말라고 했습니다. 자기 발뿌리를 늘 살펴야 합니다. 남이 못했든 잘했든 따질 필요가 없습니다. 그것은 올바른 삶이 아닙니다. 자기 자신이 지금 어떻게 살고 있는가, 과연 이 대지에 몸담은 사람으로서 맑고 향기롭게 살고 있는가, 그것을 점검해야 합니다. 땅의 덕을 배워야 합니다.

갈무리 생각

한 달 전 광주에 사는 친구가 내 산방으로 찾아왔다. 나에게 자신의 고민을 털어놓고 싶다고 했다. 친구는 부산에 여동생이 둘 있는데, 최근에 사이가 안 좋아져서 화해를 시키려고 하는데 어떻게 하면 좋겠느냐고 조언을 구해왔다. 친구의 막내 여동생은 규모가 큰 슈퍼마켓을 운영하는 모양이었다. 막내 여동생은 원래 부자였고, 둘째 여동생은 남편이 사업하다가 망해서 의지할 데 없이 어렵게 살고 있었다고 한다. 인정 많은 막내 여동생이 곤경에 처한 언니를 불러 슈퍼마켓 관리자로 일하면 어떻겠냐고 제의했다. 그때 친구는 걱정되는 일이 하나 있어서 슈퍼마켓에 들어갈 둘째 여동생에게 이렇게 말했다고 나에게 털어놓았다.

"너로서는 정말 행운인데 걱정되는 것이 하나 있다. 그런데 이것만 조심하면 별일은 없을 것 같다. 슈퍼마켓에 출근해서는 막내와 너는 상하관계이다. 언니, 동생이 아니다. 동생이 사장이고 너는 관리자다. 퇴근해서만 언니, 동생이 되는 거다. 이것만 염두에 두고 일하면 서로 더없이 좋을 것이다."

그런데 어느 순간부터 여동생들 간에 사이가 틀어져 심각하다고 말했다. 둘째 여동생은 막내 여동생이 직원 다루듯 자신을 무시한다는 것이고, 막내 여동생은 둘째 여동생이 말도 안 하고 늘 얼굴이 굳어 있으니까 모든 직원들 분위기가 싸늘해졌다는 것이었다. 둘째 여동생이 물건을 납품받는 일에 서툰 것이 발단이 됐는데 지금은 갈라서야 할 만큼 위기가 왔다고 말했다.

나는 친구에게 이야기를 듣다가 '물건 납품받는 일'은 본질이 아니라고 생각했다. 함께 일하면서 쌓여온 서로에 대한 서운한 감정이 '물건 납품받는 일'을 계기로 터진 것이라고 판단했다. 그래서 나는 이렇게 조언해주었다.

"자네는 오빠 입장을 버리고 돌아가신 아버지 입장에서 두 동생을 바라봐야 하네. 오빠 입장이 되면 어느 편으로 기울기 쉽지만 아버지 입장이 되면 두 동생을 공평하게 바라보고 충고할 수 있을 것이네. 또 어머니 입장이 되어 어쨌든 두 동생이 화해하고 용서할 수 있도록 충고해야 하네. 아버지와 어머니 입장이 된다면 해결하지 못할 일이 어디 있겠는가."

며칠 전 친구에게 전화가 왔다. 내가 조언한 대로 부모의 입장에서 부산으로 두 동생을 찾아가 충고했더니 서로 울면서 용서하고 화해한 뒤 처음처럼 슈퍼마켓을 잘 운영하고 있다는 전화였다. 나도 덩달아 기분이 좋았다. 용서를 통해 나 자신이 용서받는다는 스님의 말씀을 또다시 떠올리는 두 자매의 해피앤딩이 아닐 수 없었다.

3부 명상

스님의 명동성당
특별강론

욕망과 아집에 사로잡히면 자신의 외부에 가득 차 있는 우주의 생명을 받아들일 수 없습니다. 그래서 소유물을 최소한으로 줄여서 스스로를 우주적인 생명으로 승화시킨 것이 바로 맑은 가난, 청빈입니다.

가난의 덕을 익히라

　경제가 어려울 때일수록 우리가 각성해야 할 것은 경제 때문에 관심 밖으로 밀려난 인간 존재입니다. 너무 경제, 경제 하면서 인간의 문제가 뒷전으로 밀리고 있습니다. 인간의 윤리적인 규범이 사라져가고 있습니다. 양심이 마비되고 전통적인 가치가 사라져가고 있습니다.

　돈 몇 푼 때문에 사람이 사람을 죽입니다. 대량생산과 대량소비의 미국식 산업구조 속에서 쓰다가 버리는 나쁜 생활습관으로 인해서 물건뿐 아니라 우리는 인간의 고귀한 덕성까지 버리고 있습니다. 이제 우리는 새삼스럽게 가난의 덕을 배우고 익힐 때가 되었습니다. 수도원의 규칙서 첫 장을 보면, '수도자는 먼저 가난해야 한다'는 말씀이 있습니다. 가난하지 않고는 보리심, 진리에 대한 각성이 이루어지지 않습니다.

주어진 가난은 극복해야 할 과제이지만 스스로 억제하면서 선택한 맑은 가난, 청빈은 절제된 아름다움이며 삶의 미덕입니다. 마음속의 온갖 욕망과 자기 자신에 대한 집착으로부터 자유롭게 되었을 때 사람은 비로소 전 우주와 하나가 될 수 있습니다.

욕망과 아집에 사로잡히면 자신의 외부에 가득 차 있는 우주의 생명을 받아들일 수 없습니다. 그래서 소유물을 최소한으로 줄여서 스스로를 우주적인 생명으로 승화시킨 것이 바로 맑은 가난, 청빈입니다. 물질적으로 풍요로운 생활 속에서는 사람이 타락하기 쉽습니다.

(계속)

청빈의 덕은 따뜻한 가슴에서

청빈의 덕을 쌓으려면 따뜻한 가슴을 지녀야 합니다. 우리 둘레에 편리한 물건은 한없이 쌓여 있습니다. 그것들을 사용하면서 우리는 과연 행복해졌는가, 물어야 합니다. 단추 하나만 누르면 밥이 되고 세탁이 되고 냉장이 됩니다. 이렇게 편리한 연장을 쓰면서 행복을 얼마나 느끼고 그런 사실을 고마워하고 있는가? 우리가 많은 것을 차지하고 살면서도 행복할 수 없는 것은 인간의 따뜻한 정을 잃어가고 있기 때문입니다.

사람은 머리만 가지고는 제대로 살 수 없습니다. 머리의 회전만을 중시하는 사회는 아주 냉혹하고 살벌해집니다. 산업사회와 정보화 사회는 머리만 존재할 뿐 따뜻한 가슴이 끼어들 틈이 없습니다. 온갖 종류의 부정과 비리, 사기와 횡령, 한탕주의 등 사회악의 저변에는 간

교한 머리가 작용하고 있습니다. 심장과 가슴은 작용하지 않습니다. 인재를 뽑는 대학에서 머리의 회전만을 중시하고 있습니다. 믿음은 머리에서 나오지 않습니다. 믿음은 가슴에서 나옵니다.

우리가 세상을 살아가면서 가장 마음 써야 할 것은 오늘 만나는 이웃들에게 좀 더 친절해지는 것입니다. 내가 오늘 친구를 만났다면 내 안에 있는 따뜻한 기운이 전해져야 합니다. 그것이 친구를 만나는 것입니다. 따뜻한 가슴에서 나오는 친절이야말로 모든 삶의 기초가 되어야 합니다. 알베르 카뮈의 소설에 보면 이런 구절이 있습니다.

'우리들 생애의 저녁에 이르면 우리는 얼마나 이웃을 사랑했는가를 두고 심판받을 것이다.'

나 자신도 이 구절을 읽으며 많은 반성을 했습니다. 내가 이웃을 만나면서 얼마나 친절하고 따뜻한 가슴을 전했느냐? 생각하니 몹시 부끄럽고 두려웠습니다. 이웃을 기쁘게 하면 내 자신이 기뻐지고 이웃을 언짢게 하거나 괴롭히면 내 자신이 괴로워집니다.

따뜻한 가슴을 지녀야 청빈의 덕이 자랍니다. 우리가 불행한 것은 경제적인 결핍이 아닙니다. 따뜻한 가슴을 잃어버렸기 때문입니다.

청빈은 절제된 아름다움이며 수도자의 가장 큰 미덕이며 사람을 사람답게 만드는 기본적인 조건입니다. 예전부터 깨어 있는 정신들은 자신의 삶을 절제된 아름다움으로 가꾸어 나갔습니다. (계속)

행복은 만족할 줄 아는 데 있다

청빈의 덕을 쌓으려면 만족할 줄 알아야 합니다. 마하트마 간디는 이렇게 말합니다.

'이 세상은 우리의 생존을 위해서는 풍요로운 곳이지만 우리의 탐욕을 채우기 위해서는 궁핍한 곳이다.'

한정된 지구 자원이 고갈되어가고 있습니다. 환경학자들에 따르면 21세기까지 지구가 이대로 존속할 수 있느냐 없느냐, 그게 걱정이라는 것입니다. 왜냐하면 우리 시대에 와서 한정된 자원을 인간의 탐욕을 위해서 너무나 많이 고갈시키고 있기 때문입니다.

우리는 수천 년 동안 풍요의 은혜를 누리며 살아왔습니다. 20세기 후반에 와서 지구 자체가 자정력을 잃고 재생할 힘을 잃어가고 있습니다. 그렇기 때문에 엘니뇨니 뭐니 하면서 지구 환경 전체가 커다란 이변을 일으키고 있습니다. 지구에 사는 우리들이 고마운 자원을 함부로 소비하고 있기 때문에 지구에 이변이 오고 있습니다. 우리 시대에 와서 어머니 지구가 몸살을 하고 중병을 앓고 있습니다.

오늘날 우리는 물질적인 풍요 속에 살고 있습니다. 그러나 정신적으로는 궁핍합니다. 20~30년 전에 우리는 연탄 몇 장, 쌀 몇 되만으로도 행복해지고 고마워할 수 있었습니다. 지금은 훨씬 많은 것을 차지하고 살면서도 고마움을 느끼지 못합니다. 그것은 필요한 것과 불필요한 것을 가릴 줄 모르기 때문입니다. 행복의 비결은 필요한 것을 얼마나 많이 가지고 있느냐가 아니라 내가 불필요한 것으로부터 얼마만큼 자유로운가에 달려 있습니다.

옛말에 '위에 견주면 모자라고 아래에 견주면 남는다'고 했습니다. 이 말은 행복을 찾는 오묘한 비결이 어디에 있는가를 깨우쳐줍니다. 안으로 충만해지는 일은 밖으로 부자가 되는 일 못지않게 인생에서 중요한 몫입니다. 우리는 아무런 잡념 없이 이웃을 위한 기도를 올릴 때 마음이 너그러워지고 행복해집니다.

대승불교의 위대한 스승인 나가르주나는 도둑맞은 친구에게 이렇게 편지를 씁니다.

'그대가 항상 만족해 있다면 그대가 가진 모든 것을 도둑맞는다 할지라도 그대는 스스로 부자로 여기리라. 그러나 만족할 줄 모른다면 그대는 돈과 재산의 노예일 뿐이다.'

오늘날 우리는 무엇을 가지고도 만족할 줄 모릅니다. 이것은 현대인들의 공통적인 병입니다. 늘 갈증 상태입니다. 겉으로는 번쩍거리면서 잘사는 것 같아도 정신적으로는 초라하고 궁핍합니다.

크고 많은 것만을 원하기 때문에 작은 것과 적은 것에서 오는 살뜰함과 아름다움을 잃어버렸습니다. 행복은 아름다움을 느끼는 감성과 작은 것에서 고마움을 느끼는 살뜰한 마음에서 생겨납니다. 행복은 어려운 이웃을 돕고 사람들과 정을 나누는 일에서 피어나는 들꽃 같은 것입니다.

나는 산중에서 채마밭을 매다가 한 잔의 차를 우려 마시면서 행복을 느낄 때가 있습니다. 모든 인연에 감사하고 삶을 고맙게 느낍니다. 산길을 가다가 무심히 피어 있는 들꽃을 보고도 행복해집니다. 또 다정한 친구로부터 들려오는 목소리, 전화 한 통화를 통해서도 우리는 행복해질 수 있습니다.

행복은 이와 같이 일상적이고 사소한 데에 있는 것이지 크고 많은 것에 있지 않습니다. 현대인들이 많은 것을 소유하고도 정신적으로 공허하고 갈증 상태에 있는 것은 아름다움과 살뜰함을 잃어버리고 크고 많은 것에서 행복을 구하기 때문입니다. (계속)

행복은 아름다움을 느끼는 감성과 작은 것에서 고마움을 느끼는
살뜰한 마음에서 생겨납니다.

마음에 영혼의 메아리가 울리려면

우리는 필요와 욕망의 차이를 가릴 줄 알아야 합니다. 욕망은 자기 분수 밖의 바람이고 필요는 생활의 기본 조건입니다. 필요에 따라 살되 욕망에 따라 살지는 말아야 합니다. 하나가 필요할 때 하나만 가져야지 둘을 갖게 되면 하나마저 잃게 됩니다.

내가 선물받은 예쁜 다기가 있어 소중하게 사용하고 있습니다. 대만 여행 중 똑같은 다기가 있어 구입해 왔더니 처음의 예쁘고 살뜰한 맛이 없어졌습니다. 깊이 생각해보십시오. 그것은 물건만이 아닙니다. 애인이 둘이 되면 하나마저 잃게 되는 경우가 많습니다.

이런 것은 소극적 삶의 태도가 아니라 지혜로운 삶의 길입니다. 물건에 집착하면 그 물건이 인간 존재보다 소중한 것이 되어버립니다. 비싼 물건 사다 놓고 친구들 불러 뽐내고 자랑 치다가 가정부가 깨뜨려버렸습니다. 그러면 야단이 납니다. 인간을 제한하는 소유물에 사로잡히면 소유의 비좁은 골방에 갇혀서 정신의 문이 열리지 않습니다.

작은 것과 적은 것으로 만족할 줄 알아야 합니다. 그것이 청빈의 덕입니다.

청빈의 덕을 쌓으려면 단순하고 간소하게 살아야 합니다.

가끔 언론에서 인터뷰를 할 때 스님의 소원은 무엇입니까, 하고 물으면 개인적인 소원은 보다 간소하고 단순하게 사는 것이라고 대답합니다.

어떤 사람은 대통령이 되고 싶어서 책상 앞에 어린 시절부터 '대통령'이라고 써서 주문을 외웠다고 합니다. 저는 부엌 벽에 '보다 단순하고 보다 간소하게' 이렇게 낙서를 해놓았습니다.

단순함과 간소함이란 본질적인 세계입니다. 단순과 간소함이란 불필요한 것들을 덜어내고 필요 불가결한 것, 꼭 있어야 할 것만으로 이루어진 결정체입니다. 그것이 바로 단순과 간소입니다. 복잡한 것들을 다 소화하고 나서 어떤 궁극에 다다른 경지, 그림으로 치면 수묵화 같은 것입니다.

그 먹은 단순히 검은 빛이 아닙니다. 그 속에 모든 빛이 다 갖추어져 있습니다. 단순과 간소는 다른 말로 하자면 침묵의 세계이며 텅 빈 충만의 경지입니다.

여백과 공간의 아름다움은 단순과 간소에 있습니다. 우리는 흔히 무엇이든지 넘치도록 가득 채우려고 하지 텅 비울 줄을 모릅니다. 텅 비어야 그 안에서 영혼의 메아리가 울립니다. 텅 비어야 거기에 새로운 것이 들어갑니다.

한 생각 버리기 위해 모든 것을 포기할 때 거기서 어떤 영혼의 메아리가 울립니다. 텅 비었을 때 그 단순한 충만감 그것이 바로 하늘나라를 얼핏 체험하는 순간입니다.

저는 이렇게 생각합니다. 마음이 가난한 사람은 행복합니다.

남보다 적게 가지고 있어도 기죽지 않고 그 단순과 간소함 속에 삶의 기쁨과 순수성을 잃지 않는 사람이야말로 인생을 살 줄 아는 사람입니다. 그 사람이 신의 사람이고 청빈의 화신입니다. 그것은 모자람이 아니고 충만입니다. 이렇게 사는 사람은 하늘나라가 그들의 것입니다.

욕심은 부리는 것이 아니고 버리는 것입니다. 욕심을 버린 수행자는 후세에까지 영원히 빛을 발합니다. 제가 이렇게 가난을 강조하는 것은 궁상스럽게 살라는 것이 아닙니다. 우리가 너무 넘치는 것만을 원하기 때문에, 제정신을 차리고 우리의 삶을 옛 스승들의 거울에 스스로를 비추어보자는 뜻입니다.

청빈은 경제위기를 극복하기 위한 일시적인 생활 방편이 아닙니다. 우리가 두고두고 배우며 익혀가야 할 항구적이고 지속적인 생활 규범이 되어야 합니다. 왜냐하면 이 지구촌에는 우리가 나누고 살아야 할 어려운 이웃들이 많기 때문입니다.

'지구의 자원은 인간의 생존을 위해서는 부족함이 없다. 그러나 인간의 탐욕을 채우기에는 턱없이 부족하다'는 간디의 말처럼, 청빈의 상대개념은 부자가 아니라 탐욕입니다.

절제된 미덕인 청빈은 그저 맑은 가난이 아니라 나누어 갖는다는

어려운 처지에 있는 이웃과 나누어 가질 때 그것은
우리 자신을 높이 들어 올리는 일이 됩니다.

뜻입니다. 탐(貪) 자는 조개 패(貝) 위에 금(今) 자를 씁니다. 빈(貧) 자는 조개 패(貝) 위에 나눌 분(分) 자를 씁니다.

　과거 중국에서는 화폐의 기능을 조개껍데기가 했습니다. 화폐를 움켜쥐고 있는 것이 탐욕입니다. 손에 쥔 화폐를 나누는 것이 청빈입니다. 청빈이라는 말, 가난이라는 말은 나누어 갖는다는 뜻입니다.

　사람들에게 만약 가난이 없었다면 나누어 가지는 것을 몰랐을 것입니다. 내가 가난을 겪어봄으로써 이웃의 어려움에 눈을 돌리게 됩니다.

　프란치스코 성인의 논리를 빌리자면 가난은 우리 자신을 떨어뜨리는 것이 아니라 들어 올리는 것입니다. 어려운 처지에 있는 이웃과 나누어 가질 때 그것은 우리 자신을 높이 들어 올리는 일이 됩니다. 우리가 지금 마주치고 있는 경제위기는 우리 자신을 떨어뜨리지 않고 높이 들어 올리는 계기가 되어야 합니다. 그러기 위해서는 우리 이웃들과 나누어 갖는 뜻을 거듭거듭 생활화시켜야 합니다. (계속)

순례자처럼 나그네처럼 길을 가라

우리는 순례자나 나그네처럼 살아가야 합니다. 프란치스코 성인은 죽음이 다가왔을 때 형제들에게 말씀하셨습니다.

'가난과 겸손을 보다 온전하게 지키기 위해서는 형제들의 모든 집과 움막은 반드시 흙과 나무로만 지어야 한다.'

나는 이 글을 읽으면서 많은 영감을 얻었습니다. 수도자가 사는 집은 흙과 나무로 지으면 자연히 검소하게 됩니다. 그리고 그런 수도원을 그들의 소유로 하지 말고 그 속에서 순례자나 나그네처럼 살아야 한다고 하였습니다.

진짜 우리가 살 줄 안다면 순례자나 나그네처럼 살 줄 알아야 합니다. 인생은 나그네 길이라는 노래도 있듯이 순례자나 나그네는 어디에도 집착하지 않습니다. 그는 여행의 목적에만 충실하며 그날그날 배우고 나누며 살아갑니다.

옛사람들은 어렵고 가난한 생활 가운데서도 아주 편안한 마음으로 도를 즐길 줄 알았습니다. 안빈낙도(安貧樂道)라는 말이 그것입니다.

우리 선인들의 낙천적인 생활태도를 우리는 배워야 합니다.

우리 핏속에는 그런 낙천적인 DNA가 흐르고 있습니다. 어려운 때라고 찌푸리고 걱정하는 태도만 가지고는 길이 열리지 않습니다. 이럴 때일수록 낙관적인 생활태도를 가져야 합니다. 밤낮 우는 소리하는 집안은 울음에서 벗어날 수 없습니다. 똑같은 어려움 속에서도 잠도 잘 자고 낙관적으로 웃는 사람은 웃을 수 있게 삶이 열립니다. 명상 서적을 읽어보면 우주의 기운은 자력과 같아서, 어두운 마음을 지니고 근심 걱정에 사로잡혀 있으면 어두운 기운이 몰려온다고 합니다.

우리가 밝은 마음을 지니고 낙관적으로 밝게 살면 밝은 기운이 우리에게 몰려옵니다. 일리가 있는 말입니다. 어려운 때일수록 희망적이고 긍정적인 생활태도가 필요합니다. 어떤 사람이든지 어떤 집안이든지 근심 걱정은 다 있습니다. 남들이 보기에 저 사람은 고민거리가 없을 것 같아도 각자 걱정과 근심이 있습니다. 그게 각자 인생의 무게이고 빛깔이고 숙제입니다. 우리는 이 세상에 태어날 때 한 물건도 가지고 오지 않았습니다. 빈손으로 온 것입니다. 그렇기에 가난한들 손해 본 것이 아닙니다. 또 살 만큼 살다가 이 세상을 하직할 때 한 물건도 가져갈 수 없습니다. 재산이 많고 부유한들 죽음 앞에 무슨 이익이 있겠습니까?

내 것이 어디 있겠습니까? 우주의 선물, 하느님의 선물을 내가 잠시 맡아서 관리할 뿐입니다. 관리를 잘하면 그 기간이 연장이 되고 관리를 잘못하면 당장 회수당하게 됩니다. 우리는 모두 빈손으로 왔다가 빈손으로 돌아갑니다.

살 만큼 살다가 인연이 다해서 저승사자가 찾아올 때나 하느님께서 부를 때 아무것도 가지고 갈 수가 없습니다. 그러니 부유한들 무슨 이익이 되겠습니까? 이렇게 생각하면 어떤 지혜가 생깁니다.

이런 옛시조가 있습니다.

십년을 경영하여 초가삼간 지어내니
나 한 칸 달 한 칸에 청풍 한 칸 맡겨두고
강산은 들일 데 없으니 둘러놓고 보리라.

이런 시조야말로 청빈의 아름다움을 노래한 것입니다. 문명은 사람을 병들게 하지만 자연은 사람을 거듭나게 합니다. 자연과 더불어 살 때 사람은 시들지 않고 삶의 기쁨을 누릴 수 있습니다.

벽이 무너져 남북이 트이고
추녀가 성글어 하늘이 가깝다.
가난하다고 말하지 말게
바람을 맞이하고 달을 먼저 본다네.

화엄경의 이치를 통달했던 환성 지안선사의 게송입니다. 스스로 선택한 청빈은 단순한 가난이 아니고 삶의 운치입니다. 옛사람들은 가난을 풍류로까지 승화시켰습니다.

우리 앞에는 항상 오르막길이 있고 내리막길도 있습니다. 이 중에서 하나를 선택해야 합니다. 오르막길은 어렵고 힘들지만 인간의 길이고 정상에 이르는 길입니다. 내리막길은 쉽고 편리하지만 그 길은 짐승의 길이고 구렁으로 떨어지는 길입니다.

우리는 오르막길을 통해서 뭔가 뻐근한 삶의 저항도 느끼고 창의성도 개발할 수 있습니다. 새로운 삶의 의지도 다지고 우리는 거듭 태어날 수 있습니다. 어려움을 겪지 않고는 거듭 태어날 수 없습니다. 우리는 그동안 너무 안이하게 흥청거리면서 과시하고 과소비하면서 살아왔습니다. 세상이 달라지기를 바란다면 우리들 한 사람 한 사람이 달라져야 합니다.

갈무리 생각

1998년 2월 24일 서울 명동성당 강론하는 곳에는 가톨릭 신부가 아닌 승복을 입은 분이 서 있었다. 이색적인 풍경이었다. 그것은 1997년 12월 14일 김수환 추기경이 길상사 개원법회에 참석하여 축사해주신 답례의 성격으로 명동성당이 세워진 지 100년을 기념하고자 마련한 강론 자리였다. 스님의 사상과 철학을 듣기 위해 성당을 가득 채운 신부와 수녀, 가톨릭 신도들이 귀를 기울였다. 강론주제는

인생은 나그네 길이라는 노래도 있듯이
순례자나 나그네는 어디에도 집착하지 않습니다.

'경제위기 극복과 청빈의 삶'이었다. 스님은 다음과 같이 말문을 연 뒤 법문을 시작했다.

"… 이런 큰 성당에서 말하게 된 기회는 오늘이 처음입니다. 저를 이 자리에 초대해주신 명동성당 측에 감사 말씀드리고, 성당이 축성된 지 올해가 백 돌 되는 해에 저와 같은 사람을 이 자리에 서게 해주신 천주님의 뜻에 거듭 감사드립니다."

그러자 성당에 자리한 청중들 모두가 성호를 그으며 뜨거운 박수를 보냈다. 명동성당이 세워진 지 100년 만에 처음 있는 종교 간의 화합을 상징하는 진풍경이었다.

나는 '우리나라가 남북통일이 된 뒤, 또 하나 해결할 문제가 있다면 무엇일까?' 하고 상념에 잠겨본 적이 있다. 남북의 이념 갈등은 서서히 사라지리라고 예상하고 있다. 남쪽의 남남갈등도 봄볕에 눈 녹듯 할 것이다. 그러나 교조와 교리가 다른 종교 간의 갈등은 숙제로 남을 것 같다. 땅은 통일이 됐지만 사람들의 마음이 종교인들의 아집으로 편 가르기를 한다면 그것도 큰일이 아니겠는가. 때문에 종교 간에 대화하고 화합하는 실마리를 찾아 미리 해결해놓지 않으면 큰 대가를 치를 것만 같은 예감이 든다. 김수환 추기경님과 법정스님이 왜 소통하는 모습을 보여주셨는지 오늘 우리들은, 특히 종교인들은 화두로 삼아야 할 것 같다.